長溥の悔恨

筑前黒田藩「乙丑の獄」と戊辰東北戦争

池松美澄

花乱社

装画　久富正美
福岡城跡城門乳鋲《ちびょう》

長溥の悔恨❖目次

長溥の悔恨

筑前黒田藩「乙丑の獄」と戊辰東北戦争

プロローグ

東京赤坂、溜池の黒田御殿。その広縁には晩秋の陽射しがやわらかに注いでいる。

尊王の「志士」と自称し、「武士道」の精神文化など微塵も持っていない長州のテロリストたちとその一派は、「天誅《てんちゅう》！」と喚《わめ》き佐幕派を無差別に襲い、少年明治天皇を戴き新政府を樹立した。

それから十八年。西南戦争からも八年。世の中はどうにか静かになってきた。

そんな中、七十五歳の黒田長溥《ながひろ》は御殿の縁側で大きな体を籐のロッキングチェアで揺らしながら、「乙丑《いっちゅう》の獄」を行ったこと、そして長州のテロリストたちを中心としてのし上がってきた狂気の軍部を見るにつけ、それを阻止できなかったことに対しての悔恨と寂寥《せきりょう》感に襲われる日々を送っていた。そして彼の脳裏には、思い出したくもない忌わしい情念が次々と走馬灯のように浮かんでは消えていった。

長溥は、先代斉清《なりきよ》や島津斉彬《なりあきら》などの影響もあり若い頃からずっと開明、開国思想を持っていた。

文久三（一八六三）年の薩摩・会津両藩による「八月十八日の政変」により、京都を追放され長州に落ち延びた七卿のうち、五卿を太宰府の延寿王院に受け入れた。彼ら五卿のもとには、随行の土佐藩士土方久元、長州藩士久坂玄瑞、久留米の水天宮の神官真木和泉、筑前藩士平野国臣らに加え、西郷吉之助、坂本龍馬、野村望東尼《ぼうとうに》、長州藩士桂小五郎や小田村素太郎（楫取《かとり》素彦）、土佐藩士中岡慎太郎、久留米藩士水野正名など多くの「志士」が訪れて情報を交換したため、太宰府は勤王派の策源地となった。

また長溥は、幕府の第一次長州征討時には加藤司書を遣わし征討軍の解兵を建議し、薩摩の小松帯刀、西郷吉之助と共に征討総督徳川慶勝にその決定をさせた。

しかし筑前藩の佐幕派は、五卿を受け入れたことを苦々しく思っていた。勤王派の屋敷の塀には「司書五卿を呼びて国に益なし」という落首が貼られた。「四書五経を読みて見国に易なし」をもじって揶揄したものである。藩の動向も幕府から疑いの目をもって見られ、長州征伐の次は筑前征伐だという噂も流れていたので、彼らは勤王派を抑えなければ藩が危ないと騒いだ。

佐幕派が懸念した通り、太宰府は薩摩、長州、土佐をはじめとする勤王派の巣窟となり、粗暴な過激派が「天誅！」と喚き殺傷事件をたびたび起こした。慶応元（一八六五）年の筑前藩は勤王派と佐幕派の対立で騒然となり、佐幕派の重臣たちが「辞めたい」と「総引入《そうひきいり》」を申し出た。長溥の勤王派登用に対する不満の爆発であった。

そして勤王過激派によって、佐幕派の牧市内が暗殺された。藩内には、その背後に加藤司書がいるという噂が流れた。

また、司書が犬鳴山に築造中の別館に長溥公を閉じ込めて、嗣子・長知《ながとも》公を立てる陰謀を企てているという風聞が伝えられた。この風聞にはさすがの長溥も激怒した。

しかしあのとき、目付らの上申を鵜呑みにせずもっと詳しく吟味すべきだった、と今は思う。そしてもっと強くゆるぎない専制的な親政を行うべきだった、と後悔の念で心が潰れそうになる。

あの乙丑の年の大粛清は一体、何だったのか。佐幕派の連中に焚きつけられた保守・重臣の上申とはいえ、どうしてあのような狂気に走ってしまったのか、長溥は自分でもそのことがわからない。

佐賀の鍋島閑叟《かんそう》（直正）のように、妖怪と言われようが何と言われようが、のらりくらりと日和見を決め込んで、幕府に忖度などせずやり過ごしておけばよかった、と今にしては思う。月形洗蔵、加藤司書、建部《たてべ》武彦、衣非《いび》茂記たち有為の人材を生かしていたら、彼らは必ずや新政府の要人になっていたに違いない。

また、兄弟のようにして育った島津斉彬や老中・阿部正弘がもっと長生きしてくれていたら、彼らと協力し合って今の政府とは違う新国家の骨格を創り、会津藩、二本松藩などに「賊軍」という言われなき汚名を着せ、この世のものとも思えない阿鼻叫喚《あびきょうかん》の苦しみを与えることなど断じて許さなかったのに、と思う。

そして、薩長を中心とした過激派「志士」によるやりたい放題の今の政府とは違う新政府を建設していたのだ。そうすれば我が藩も太政官札の贋造《がんぞう》事件など起こすことはなかったに違いない。

この太政官札贋造事件により、廃藩置県の前に藩はお取り潰しになった。もとの家臣や領民に顔向けなどできるはずがない。だから福岡には行きたくても行けないのだ。この寂しさ、やるせなさ、空虚感を鎮めるにはどうすればいいのだろうか。いっそ父祖の地である鹿児島に行って桜島でも見て過ごそうかとも思う。

等々、悔恨の思いは次々と果てしなかった。

延々と同じ思いを巡らせていると、いつの間にか縁側の陽は翳《かげ》っていた。秋の陽は早い。

島津の血

黒田長溥は文化八（一八一一）年、江戸高輪の薩摩藩江戸上屋敷で生まれた。第八代薩摩藩主島津重豪《しげひで》の十三男である。

父の重豪はこのとき六十七歳。隠居して高輪の藩邸に住んでいたが、余生を悠々自適に送るという老人ではなく、学問に強い関心、好奇心を持ち、薩摩藩政だけではなく、今をときめく十一代将軍・家斉の岳父（正室・茂姫は重豪の娘）として幕政にも睨みをきかせていた。気力、体力も充実しており、江戸人の間では「島津の隠居は、朝鮮人参の汁で炊いた飯を毎日喰って、毎晩人参風呂に入って精をつけているそうだ」という噂が広まっていた。また、若いころから酒豪であったが老年になっても酒量は衰えず、どこの邸でも隠居の酒の相手をするのに閉口した。「高輪の隠居が来た」と聞くと、重臣たちも奥女中も口実を設けては逃げ出した。

あるとき、重豪は孫娘の婿である大久保加賀守の祝い事の宴に招かれた。例によって飲むほどにますます気炎が上がり、相手を務めていた連中も辟易して一人去り二人去り、とうとう一人もいなくなってしまった。

「酒の相手を出せ。誰もおらんということはあるまい」

隠居の機嫌がだんだん悪くなるので大久保家でも困りはてて、

「おることはおりますが、この者は下女で、酒は呑みますが御前に出せるような身分の者ではございません」

と断ったところ、隠居は「女の酒呑み」というのがひどく気に入った様子で、

「その者を出せ。身分など構わぬ」

と言い出した。仕方がないので、その下女の身なりを整えさせて重豪の前に差し出した。

その女を見て、重豪は「うーん」と唸った。身の丈抜群、ふっくらとして相撲取りのような大女である。しかし、よく見ると可愛らしい。重豪の大杯を受けると苦もなく一気に呑み干した。また差せば平気で呑む。一向に酔った気配もない。ものおじしないで性格も快活、頭もよい女性であることがわかってきた。重豪はすっかり惚れ込んだ。そ

のうちに大久保加賀守に向かって、

「この女をわしに呉れぬか」

と言い出した。

「いや、身分いやしい者でございますから……」

と断ったが、

「そんなことは、どうでもよい」

こういう女にわしの子を産ませたい、と言うのである。高齢の隠居の執心ぶりに加賀守もあきれるのだが、言い出したら聴く耳など持たない人であることはよくわかっている。しかも祖父にあたる重豪のたっての頼みである。加賀守も断ることができずに、家臣の牧野内匠頭の養女ということにして高輪の藩邸に入れた。この女は名をチサといったので、牧野千佐となって重豪の側室となった。

千佐は重豪の望み通りに、文化八年三月一日に男の子を産んだ。重豪の十三男、大きくて元気のいい子で、桃次郎と名づけられた。後の黒田長溥である。

重豪は、人参の効き目か子福者であった。曽孫がいるのに子供が産まれていた。高輪の薩摩藩邸にはいつも幼い子供がいて、桃次郎の幼年時代は島津斉興（重豪の孫）の子である邦丸と一緒に育てられていた。邦丸はのちの島津斉彬、重豪の曽孫である。したがって桃次郎は邦丸の大叔父、しかし年齢は二歳下であった。二人は年齢もあまり違わないし仲が良かった。

後年、幕末の激動の時代に薩摩の島津斉彬と筑前の黒田長溥が互いに助け合い啓発し合ったのも、そして薩摩のお由羅《ゆら》騒動時に迫害された斉彬擁立派を長溥が匿ったのも、幼年時代、兄弟のようにして育ったためである。桃次郎は父母の特質をうけて子供の頃から体軀長大で、容貌魁偉《かいい》、資性剛毅にして頭脳明晰であった。

江戸時代、藩主に後継がいない場合、養子を迎えて後継を設けなければ藩はお取り潰しになるので、どの藩もそのための人選に頭を悩ませていた。

一方、将軍家をはじめ徳川の一門では、二男、三男の処遇に苦慮していた。そこで一門では、後継のいない大藩に養子として押し込むことを狙っていた。受ける側は、心身とも健全な人が来てくれれば徳川一門と縁故関係にもなるし都合がよかったが、病弱或いは暗愚《あんぐ》という場合は、付き合いの出費は嵩むは政局は乱れるは、ということで散々であった。

黒田藩の場合も五代・宣政《のぶまさ》までは実子であったが、宣政には嗣子がいなかったので直方藩主の子があとを継いだ。六代・継高《つぐたか》である。直方藩は黒田藩の支藩であったので継高までは身内と言っていいが、継高にも子がいなかったので、徳川一門の一橋家から養子を迎えた。七代・治之《はるゆき》で、彼は三十歳で亡くなり嗣子がいなかった。嗣子については讃岐の京極家から迎えることが治之の生存中から内定していた。ところが、このときも一橋家から養子を押し込もうとする工作が行われ、一悶着が起きた。

幕府の言いなりになってすでに内定していたことを白紙に戻すようでは大藩の面目にかかわるという強硬論と、長いものには巻かれろという自重論が対立したが、このときは筋を通すべしという強硬論が勝って、京極高慶《たかよし》の第四子を養子に迎えた。八代・治高《はるたか》である。しかし治高は藩主になって一年も経たないのに二十九歳で死亡した。治高にも子がいなかったので、今度は一橋家の徳川治済《はるさだ》の第三子を入れた。九代・斉隆《なりたか》であるが、斉隆も十九歳で亡くなった。

斉隆には実子があるので継嗣については問題ないと幕府には報告したが、それは表向きで、実は子はいなかった。

斉隆の継嗣について知恵をしぼった藩の重臣が考えついた策は、支藩・秋月藩主の生まれたばかりの子を黒田家に連れてきて、斉隆の実子に仕立てることであった。

もちろん隠密裏に事を運ばなければならない。このことが幕府に知れたら、虚偽の報告に対し厳しい処分があるだろうし、幕府が押し込んでくる養子を断れなくなる。

秘密が漏れないようにするためには、お供を連れない単独行動でなければならない。そして知略にすぐれた屈強の士でなければならぬということで、中級藩士・馬廻役の井出勘七が選ばれた。勘七は秋月から赤子を懐に抱いて黒田家に連れてきた。

この赤ん坊が十代藩主・斉清である。斉清は温厚な学問好きの藩主で、のちに本草学に興味をもち、長崎でシーボルトとも学問上の交流があった。

ところが、この斉清にも、女の子はいたが男の子がいなかった。

当時の将軍は家斉で、五十三人の子沢山であった。幼いうちに亡くなった者も多数いたが、幕府は残った子供たちを大藩の跡継ぎか夫人に押し込むことを鵜の目鷹の目で狙っていた。佐賀藩の嗣子直正には十八女の盛姫を輿入れさせ、二十一女溶姫《ようひめ》は第十三代加賀藩主前田斉泰《なりやす》に嫁がせた。そして、黒田藩が内々に斉清の後嗣を探していることを、幕府はすでに察知していた。

斉清はまだ二十七歳の若さであったが、幼少期からの眼病が悪化しつつあったので養子の人選を急いでいたのである。五十二万三千石の大藩だから、ここに将軍の子を入れることを幕吏が考えるのは当然であった。

江戸詰の藩士が城内で幕臣からその情報を得て国許に急報したので、藩でも驚いて早急に対策を立てることになった。

嗣子は、身体強健、頭脳明晰であってほしいのだが、いずれの藩でも実際は必ずしもそうではなかった。

筑前黒田藩の場合も、養子が若死にしたりして苦労させられた。しかも将軍一門の藩主であれば、将軍家をはじめ諸家との付き合いも派手になる。冠婚葬祭から季節の贈答の費用も莫大なものになる。

筑前藩ではそれを避けるため、急遽養子の候補を決めることにした。目をつけられたのが島津重豪の子、桃次郎であった。桃次郎、十一歳のときである。

身体強健、子供ながらすでに大器の風貌が現れていたので、筑前藩は大いに頼もしく思った。斉清も気に入って島津家にあたってみると、相手は五十二万三千石の大藩であるので重豪も快諾した。

諸方への根回しも慎重に行い、幕府への届けも無事に聴許された。

将軍家斉の正室・茂姫（広大院）は重豪の娘であったので、桃次郎の姉である。もっとも年齢は三十八歳上で、母親か祖母のようであった。茂姫は歴代将軍の正室の中でも飛び抜けた賢夫人といわれており、桃次郎の筑前藩への養子縁組の件にも口添えしたのであった。

文政五（一八二二）年、黒田斉清は娘純姫《すみひめ》の婿養子に桃次郎を迎えた。桃次郎、十二歳であった。

翌文政六年正月、林大学頭《だいがくのかみ》によって長溥という名が選ばれ、桃次郎から長溥に改めた。また、文政八年正月十八日、黒田長溥は元服のため登城して将軍に拝謁した。このとき、将軍家斉から「斉」の一字と松平の姓を賜って松平美濃守斉溥と称した。

文政十（一八二七）年の秋、長溥は筑前に入った。十七歳であった。当時、筑前藩は佐賀藩と一年交替で長崎の警護にあたっていたので、翌十一年に養父の斉清とともに長崎に赴いた。斉清が旧知の長崎オランダ商館医師シーボルトに会うとき、長溥も同席した。シーボルトは医者であったが、また博物学者として日本の動植物、風土、風俗、地理を精力的に研究した学者でもあった。初めてシーボルトに会った日本の通詞《つうじ》は、なんてオランダ語のヘタな男だろう、これはオランダ人ではないのではないかと思ったが、実はドイツ人であった。

斉清は本草学の豊富な知識でシーボルトを驚かせた。斉清の『本草啓蒙補遺』などの著書にはシーボルトの助言があった。

長溥は実父・島津重豪と養父・黒田斉清の影響を受けて、欧米の文明に対する関心を深めていった。

そして天保五（一八三四）年十一月、長溥は襲封。五十二万三千石の藩主の座についた。長溥二十四歳、斉清は四十歳であった。

お由羅騒動

薩摩藩では、八代藩主島津重豪の豪奢な生活や無計画な政策によって農民は厳しく収奪され、農村の疲弊は甚だしかった。

藩の人口の約四割が武士で、その多くが外城《とじょう》制度により農村に土着して村を支配していたので、百姓一揆はほとんど起きなかったが離散する農民があとを絶たず、田畑は荒廃する一方であった。

また、薩摩藩の文政十（一八二七）年における大坂商人からの借入金は五百万両に達し、年間の利息だけでも六十万両もあった。それに対し年貢収入はおよそ十五万両しかなかったので、藩財政は完全に崩壊していた。

そのとき重豪はすでに八十四歳の高齢であったが、孫の藩主斉興《なりおき》の後見役として実権を握り、調所《ずしょ》笑左衛門広郷《ひろさと》に財政の改革を命じた。

文政十年、財政改革を任ぜられたとき、調所は五十四歳であった。彼は大坂商人に、五百万両に及ぶ借入金を二百五十年賦という途方もない返済方法で承知させた。

また、奄美大島特産の黒砂糖をはじめ山川の鰹節など、各種の農林水産物の増産に努め、陰では密貿易や偽金の鋳造を行い、物価高騰に苦しむ領民たちの反感を一身に受けながらも必死に改革を強行した。


ここで起きたのが「お由羅騒動」といわれる世継ぎ問題であった。お由羅は江戸の三田の大工の娘で、藩主斉興の愛妾となり斉興の寵愛をよいことに政治にまで口を出すようになった。さらにお由羅は斉興の嫡男である斉彬を廃し、自分が産んだ久光を家督にしようと図った。

斉興も斉彬よりお由羅と久光の側に傾いていたので、藩内は二派に分かれて暗闘を展開することとなった。斉興が藩主の座についたのは文化六（一八〇九）年、十九歳のときであった。重豪の放漫財政を批判した九代藩主の斉宣（重豪の子）が重豪によって隠居させられ、斉興（重豪の孫）が十代藩主になったのである。

そうした経緯もあり、若い斉興は大御所重豪にずっと頭を押さえられてきた。天保四（一八三三）年、重豪が八十九歳で亡くなると、斉興はやっと藩主としての権力を手に入れることができたが、このとき四十三歳であった。当時、調所笑左衛門による財政再建は軌道に乗っていたが、重豪の死によって調所の陰のある財政再建に反対する勢力が力を得てきた。その中心は斉彬擁立派であった。

嘉永元（一八四八）年十二月、調所は江戸の薩摩藩邸で服毒自殺した。薩摩藩の密貿易の責任を取ったということになっている。

この事件の裏には島津斉彬、黒田長溥の連携があった。斉彬派が密貿易の件を老中の阿部正弘に伝えて調所を失脚させたのである。長溥は側面・裏面から斉彬派を応援した。調所は斉興、お由羅、久光の側を支持していたので、お由羅側に打撃であった。このとき、斉興は五十八歳、久光は三十二歳、斉彬は四十歳であった。五十八歳といえば隠居して藩主の座を譲る年齢であったが、状況がそれを許さなかった。

お由羅側は斉彬とその子供たちの命を狙って呪詛《じゅそ》の調伏《ちょうぶく》を続けていた。斉彬の幼い子供たちが八人も、一歳から七歳までの間に次々と亡くなっている。斉彬派ではお由羅一派が呪い殺しているのだと思っていた。

幼児死亡の原因については、ずいぶん後に、厚化粧の乳母の乳首に付着した白粉《おしろい》の鉛毒という説が出た。黒田長溥の子供たちも全員幼時に死亡しているが、当時は誰も知らなかった。

それはともかくとして、斉彬派も強力な巻き返しに出る。お由羅一派がこのような奸計をめぐらすのも久光がいるからだ。久光には申し訳ないが死んでもらおうではないかということになった。馬追いが行われる際に鉄砲で狙おうという案が出たが、「飛び道具を用いるのは卑怯だ。堂々と久光に近づいて、事の次第を申し上げたうえで、お国のためお首を頂戴しますと言うのが筋だ」という過激な意見も飛び出した。

お由羅騒動の噂は筑前藩にも伝わっていて、長溥は斉彬や子供たちの身を案じて太宰府や筥崎宮に使いを出し安全祈願をした。

斉彬派の血気にはやる連中は、久光暗殺を含むクーデターを企画する。そのうちに自分たちで立てた計画に陶酔し、つい秘密を漏らす者も出てくる。双方スパイを放って敵の動静を必死に探っていたときだから、久光暗殺計画がスパイの網にかかった。絶好の情報を握り、お由羅方は斉興を動かして大弾圧に乗り出した。

嘉永二（一八四九）年十二月三日、斉興は近藤隆左衛門、高崎五郎右衛門、山田一郎左衛門ら六名に、いきなり切腹を命じた。いずれも斉彬派で、お由羅派征伐のリーダーたちである。その他、閉門、入牢など一網打尽の粛清が始まった。

近藤、高崎らは切腹したあとまでも罪を追及される。彼らが諸方に出した密書のたぐいがお由羅方に探し出され、その中には斉興にとって幕府に知られては都合の悪い薩摩藩の密貿易などの秘密が記されていた。結局、握りつぶして事なきを得たが、「もしこれが筒抜けになっていたら……」と改めて憎悪を募らせ、いったん切腹させて埋葬した近藤、高崎、山田の死体を掘り出し、高崎、山田の死体を磔《はりつけ》にし、近藤は最も悪逆の者ということで鋸挽《のこぎりびき》の刑に処した。嘉永三年三月のことで、前年十二月に埋葬された死体は、すでにぼろぼろに腐乱していた。それを磔や鋸挽にするということは、それだけ憎悪、怨恨のすさまじさがあったのである。

しかし、それはまた相手方の憎悪、怨恨となって、とどめなく増幅されていった。

これによって、反お由羅派即ち斉彬擁立派は一時鳴りを潜め、彼らの中には藩外に脱出して再挙を図ろうとする者が出てきた。脱出組が頼りにしたのは筑前藩の黒田長溥であった。

最初に薩摩から脱出したのは井上出雲守であった。彼は鹿児島諏訪神社の神官であったが、かねて山田や高崎らの趣意に賛同して同志に加わっていた。山田、高崎が切腹する直前に、

「貴殿は筑前に行って黒田長溥公におすがりし、同志の遺志を是非とも実現してくれ。われわれの死を犬死にさせない道はそれよりほかにない」

と言ったので、彼らの切腹の翌朝、嘉永二年十二月四日に薩摩を脱出した。

井上が神官であることは他国へ行くのに都合がよかった。彼は坂本源七と名乗り、「藩の御用で筑前の住吉神社に行く」と言って悠々と国境を出た。その後は昼夜兼行して急ぎ、筑前に着いたのは十二月九日であった。筑前藩奥頭取の吉永源八郎を頼って、早速訴状を提出した。彼は訴状で「今回の薩摩の変事は近藤隆左衛門の軽挙盲動によるもので、関東様（江戸の斉彬公）のためとは申しながら、一切ご存じない関東様に災厄を及ぼすことになっては一大事なので、そのことをよろしくお取りなし願いたい」と述べた。

亡くなった同志の近藤にすべての罪をかぶせ、斉彬をかばっている心情がよくわかり、

長溥は了解した。そこで吉永源八郎に命じて井上を保護するため、志摩郡桜井神社の神官に預けて潜伏させた。源八郎は目明し高橋屋正助を井上の身辺警護にあたらせた。

一方、薩摩では井上の出奔を知って大いに狼狽した。十二月中旬には早くも薩摩の追手十数人が筑前に入り込んで井上の行方を探索した。

年が明けて嘉永三年二月末、薩摩の番頭・吉利仲は江戸から薩摩へ帰国する途中に筑前領内で長溥に呼び止められた。吉利はお由羅派の一味で、斉彬を廃して久光をたてる画策をしていることを長溥はよく知っていた。その吉利をわざわざ呼んだのは、長溥が薩摩の内紛に介入する意思があることを知らせるためであった。

長溥は井上出雲守が筑前に来ていることを知らせた上で、

「薩摩から捕吏を出して井上の行方を探索している様子も聞いておるが、もし手荒なことをすれば、こちらにも考えがある。その方も国に帰ったならば仲間にその旨を話し、そのつもりで処置をするように……」

と釘を刺した。吉利は、

「委細承知致しました」

と答えながらも、

「井上は邪悪の者でございますので、是非身柄の引き渡しをお願いします」

と言うので、

「いや、そのことはすでに阿部閣老にも申し上げておるから、当方の一存では決められぬことである」

と突っぱねた。それでも、

「すでに幕府の老中も知っておるのだぞ」と匂わせて、吉利をぎくっとさせた。それでも、

「それで井上出雲守は御領内の何処に居りましょうか。どこか離島にでも……」

とさぐりを入れてくるので、長溥は笑って、

「さようなことは、その方が承知する要はないことだ」

と言ったので、吉利はそれ以上何も言えなかった。

吉利が帰国したあと、薩摩では斉彬派の残党狩りが一段と厳しくなったので、三人の薩摩藩士が出奔して筑前に逃げ込んできた。

そして薩摩からは手を替え品を替え出奔藩士の身柄を要求してきた。書面による要求

もあれば、直接使者が乗り込んでくることもあった。この件についての使者には長溥が自ら会うことにしていた。場所は別荘の友泉亭《ゆうせんてい》が使われた。できるだけ事を隠密裏に行いたいと考えたからで、藩内でも少数の家臣にしか詳しい内容は伝えられていなかった。

あるとき薩摩からやって来た使者は強硬であった。このときは長溥の側には侍童だけがついて、二尺八寸の陣太刀を持って控えていた。薩摩の使者は、

「井上出雲守の身柄をお渡し願いたい」

と強硬に言い張る。長溥が突っぱねて押し問答が続くうちに、相手は次第に興奮してきて声も大きくなり、

「薩摩の武士というものは一旦言い出した以上、決して後へは引きませぬ。出雲守のこと、これだけ言葉を尽くして申し上げてもご承知なければ、もはや致し方ございません。この上は兵力を用いてでも取り返します」

と開き直った。すると長溥も語気鋭く、

「何を言うか。その方が薩摩武士ならば、おれも薩摩武士だ！　四人の者を渡さぬと一度言った以上、一歩も引かぬぞ。それでも連れ戻すと言うならば腕ずくでも取ってみよ。薩摩の軍勢が何万来ようが、おれが筑前の兵で一人残らず討ち取ってやる！」

と叱りつけた。相手もこれには恐れ入った。何しろ先々代（島津重豪）のお子であり、当代（斉興）の叔父に当たる方である。薩摩の使者も仕方なく失礼を謝して引き下がった。隣室に控えていた家臣たちも襖越しに聞こえてくる激論にハラハラしていたが、長溥公の、

「おれも薩摩武士だ！」

の一言で話が落着したのでホッとした。

長溥は薩摩の内紛が一刻も早く解決することを願っていた。この騒ぎは幕府にも聞こえており、特に老中の阿部伊勢守正弘は斉彬、長溥と親交があったので、なりゆきを注目し憂慮していた。

そして長溥は、こうなれば幕府を動かして解決するよりほかに方法はないと判断した。そこで、当時江戸にいた親しい四国宇和島藩主・伊達宗城《むねなり》に書状を送って、阿部老中への取りなしを依頼した。幕府への働きかけは当事者である島津斉彬や斉彬に近い自分が表面に出ることは避けて、宗城に仲介役を頼んだのである。

宗城の報告を聞いた阿部は、

「実に容易ならざることである。事態かくなっては幕府が直接取り調べることとなるであろう。そうなれば事と次第によっては相応の処分も考えなければならない」

と言った。

宗城は実は阿部閣老からこの言葉を聞きたかったので、まさに思うツボであったが、宗城は、

「いや、幕府からお調べを受けるようなことがあっては困ります。美濃守（黒田長溥）もそのことを心痛しておりますので、表向きにならないようご配慮を頂きたい。とにかく斉興公ご隠居、斉彬家督相続ということになれば藩内も落ち着き、事も丸くおさまるので、どうか御内聞にお願いします」

と言った。

つまり、斉興が早く隠居するよう幕府から圧力をかけてほしい、と暗に言ったのである。

実はこの頃、斉興にとって都合の悪いことが琉球で起きていた。

嘉永二（一八四九）年、ペリーが浦賀沖に現れる四年前に、琉球に滞在しているイギリ

スが薩摩藩を通じて開国通商を要求していた。薩摩藩は幕府に対しイギリス人が琉球に滞在していることは報告していたが、開国要求のことは伏せておいたので、幕府は全く知らなかった。

ところが、嘉永三年に島津斉彬から宇和島の伊達宗城に送られた書状には、そのことが記されていた。

「琉球に滞在しているイギリス人は、実は日本に対して開国を求める目的をもって来たものであって、もしこの要求が容れられなければ軍隊を差し向ける用意があるとまで言っている。薩摩藩の公式の報告では、英国人の滞留は別に他意はないということになっているが実は大変なことである。ただ、ここで公式の報告が虚偽であるといえば父（斉興）の非を暴くことになるので、それは子として忍びないことである。しかし、事は国体にもかかわる容易ならざることであるので、目をつぶっておくこともできない。まことに心痛致しておる次第である。この件は阿部閣老に内奏すべきだと思うが、そのために父がお咎めを受けては子として一分が立たない。如何なものであろうか、と心痛に耐えない」と斉彬の本音を記している。

これは実は、阿部閣老に内密に報告しておいてほしいということである。事実を伝えておくことによって薩摩藩の不行き届きが多少救えるし、これが斉興の隠居を決定的なものにするだろう。また期せずして斉彬自身を売り込むことにもなる。一石三鳥である。この事実は筋書き通り、宇和島侯から老中・阿部伊勢守に伝えられた。

阿部は、

「実に驚き入りたることにて容易ならざる次第である。そもそも、大隅守（斉興）は委細承知の上で取り隠したるものなりや」

と宇和島宗城《むねなり》侯に反問している。このあたりも巧妙な聞き方で、いきなり「斉興公が虚偽の報告をしたのは不届き千万」というようなことは言わない。「斉興公は事実をご存じであったのか。知らなかったのではないか」と逃げ道を作ってやる。そこで宗城もこれを受けて、

「大隅守儀も委細は不承知のことと思われます。と言いますのも、これまで大隅守に心配させないようにと調所笑左衛門は諸々のことを隠してきたようですが、この件も同様、委細を申さずに将曹（家老・島津将曹）より報告の手続きに及んだものと思われます」

ということで片づいた。

調所は薩摩藩の財政建て直しに清濁併せ呑んで懸命に取り組んだが、失脚して服毒自殺していた。調所の死後、藩では「何でも悪いことは調所のせい」にしたので、この件も「こんな大事なことを殿様の耳に入れず処理した」ということにした。

阿部正弘は、かねて島津斉彬の器量才幹を高く評価していて、早く薩摩の実権を握ってもらいたいと思っていたので、琉球の一件は絶好の機会であった。早速、斉興を呼んで、やんわりと隠居をすすめた。

「ここで隠居なさるのが御身のためで、もし悪あがきをなされば薩摩一国の安危にもかかわりましょう」

表面はおだやかだが証拠は握っているので口調は強い。斉興は真綿で首を絞められる思いで聞いた。しかしここで隠居すれば、当然斉彬が家督を継ぐ。そうなると、お由羅と自分の願望であった久光擁立の計画も水の泡となる。辞めたくはなかったが、状況は全く不利であった。斉興は万策尽きた形で渋々隠居願いを出した。

嘉永四（一八五一）年二月に島津斉興が隠居し、斉彬が襲封して薩摩藩主となった。このとき斉興六十一歳、斉彬四十三歳、黒田長溥四十一歳、伊達宗城三十四歳、老中・阿部伊勢守正弘は三十三歳であった。

さしもの騒動も一件落着して、斉彬を支持して一時は生命も危険にさらされていた藩内の同志たちも、やっと本望を達して歓喜した。幕府に働きかけて紛争の解決に力を尽くした黒田長溥、伊達宗城も一安心した。特に長溥の喜びは大きかった。

藩主となった斉彬は直ちに江戸から薩摩へ向かった。このとき藩庁に対して「筑前の住吉神社に参詣したいので日程を延ばす」と伝えている。住吉神社は島津家が祖宗以来尊崇する神社であり、筑前の住吉宮は最も古く由緒のある宮であるので襲封の報告のために参拝したい、というのが表向きの理由であったが、真意は黒田長溥に会うためであった。

筑前に入った斉彬は箱崎の別邸で長溥に会い、永年の骨折りに対して厚く礼を述べた。

このとき、薩摩を出奔し筑前藩内に隠れて長溥の庇護を受けていた薩摩藩士四人も、斉彬公にお目通りを許されている。彼らは斉彬公の襲封を願って命がけで働いてきたのである。その願いが見事に達成された今、斉彬公から厚いねぎらいの言葉を受けて感涙にむせび、何も言うことができなかった。

蘭　癖

筑前藩は寛永十八（一六四一）年に、佐賀藩は翌年に、幕府から長崎警護を命じられた。「長崎御番《ごばん》」と呼ばれるもので、その後、両藩が一年交替で御番を務めた。

長崎や平戸は戦国時代から貿易港として栄えていたが、幕府は寛永十八年にそれまで平戸にあったオランダ商館を長崎の出島に移した。幕府は島原の乱の原因となったカトリック国であるポルトガルを排除したので、プロテスタント国のオランダが西洋の国の日本貿易を独占することになった。

当時、長崎に入ってくる外国船は主に中国の船であり、長崎警護の対象となっていたのもヨーロッパ諸国ではなく中国であった。寛永年間、中国では明に代わって清がのし上がってきていた。中国の覇権争いに伴う戦乱が日本に及ぶことを警戒したのは、先例があったことであるし、また王朝が変われば日本への対応も変化することが予想された。これまでの友好路線が一変して敵対関係にならないとも限らない。両藩が長崎警護を受け持ったのは明の末期、清の初期の変革期であったから、当然厳戒態勢がとられた。この時代の仮想敵は黒船といわれるヨーロッパの船ではなく、中国の船であった。「長崎港内にいる唐船は懐中の毒蛇である。油断するな」と言われていた。

幕府から「長崎御番」を命じられた当時の筑前藩主は二代・黒田忠之である。忠之は家老の栗山大膳と対立し、大膳から幕府に「忠之公は謀叛を企てている」と密告された。いわゆる「黒田騒動」である。これは事実無根であることがわかったが、藩内の統制不行き届きということで五十二万三千石全てを取り上げられた。その後すぐに、藩祖・如《じょ》水《すい》、長政の勲功に免じて再び賜っている。

一瞬ではあったが、忠之は言いようのない恐怖を味わった。以後、彼は幕府に対し忠誠を尽くし、寛永十四～十五年の島原の乱では先頭に立って奮戦し、その後の長崎警護もしっかり務めた。

この「長崎御番」は幕末まで続くのだが、警護という本来の任務のほかに西洋文化に触れる機会があり、筑前・佐賀の両藩に大きな影響を及ぼした。特に筑前藩の十代藩主・斉清、十一代藩主・長溥が長崎で得たものは大きかった。

長崎は鎖国日本が西洋に開いた唯一の窓で、オランダ商館の存在は大きな意味があった。文政六（一八二三）年、商館の医官として来日したシーボルトは、向学心に燃える日本の青年たちに西洋の文明を伝えるという大きな役割を果たした。

「長崎御番」で長崎に出かけるたびに、斉清はシーボルトに会って教えを受けた。長溥も養父の伴をしてシーボルトに会っている。シーボルトは任期を終えて帰国する文政十一（一八二八）年、持ち出しを禁じられていた伊能忠敬作成の日本地図を密かに所持していたことが発覚し、地図を取り上げられたうえ追放処分になった。

幕末には蘭癖《らんぺき》大名といわれる藩主たちがいた。黒田斉清、黒田長溥、島津重豪、島津斉彬、鍋島直正たちがそうである。その中でも特に黒田長溥は代表的な存在であった。実父（島津重豪）や養父（黒田斉清）の開明思想を受け継いだことに加えて、長崎で直接、西洋文化に触れる機会が多かったことが、長溥を蘭癖大名に育てあげた要因であった。

筑前藩と佐賀藩が担当してきた長崎警護は本来中国を仮想敵国としたものであったが、オランダ、イギリスなど西洋諸国のアジア進出が盛んになってくるにつれ、中国よりもむしろ西洋の脅威に備えなければならないという考えに変わってきた。

それが突如として現実の脅威となって姿を現したのが、文化五（一八〇八）年の「フェートン号事件」であった。

八月十五日、長崎港にオランダ国旗を掲げた巨船が入ってきた。久しくオランダ船の入港が途絶えていたので、商館のオランダ人たちは踊りあがって喜んだ。早速ボートを出して迎えに行くと、向こうの船からもボートを降ろして漕ぎよせてきた。ボートが接近するとオランダ人たちは懐かしい本国人に手を伸ばし喜びの声を上げたのだが、その瞬間、相手方の敵意に満ちた表情にぎょっとした。彼らは手に手に短剣を握っており、オランダ語ではない言葉を喚きながら、オランダ人二人を有無を言わさず自分たちのボートに引きずり込み、母船に連れていった。

この船はイギリス海軍のフェートン号で、大砲三十二門を備えた軍艦であった。当時、ヨーロッパではナポレオンが暴れ回っていた頃で、オランダ本国はナポレオン軍に占領されフランスに併合されていた。そこで、フェートン号は敵国であるフランスの船を捕獲しに来たもので、まずオランダ人二人を捕虜にしたのであった。

日本側はそんな事情は全く知らなかった。唯一の情報源であるオランダ商館が本国との交通が途絶えていたのだから無理もない。フェートン号は長崎港内を自由勝手に航行し、フランス船を捜し回った。

結局フランス船はいなかったのでフェートン号は二日後に退去するのだが、その際に水、野菜、生きた牛と豚などを要求した。日本側はすっかりナメられていた。フェートン号の要求を断れという強硬意見もあったが、相手は軍艦である。事を荒立ててはまずい、というので要求に応じたのである。

長崎奉行の松平図書頭《ずしょのかみ》康英は、オランダ商館員を捕虜にされ、港内を勝手に動き回ったフェートン号に手も足も出なかった無念さと、国威を傷つけられた責任感から切腹した。この年の長崎警護は佐賀藩で、泰平の気のゆるみと財政難により藩兵千余名を配置すべきところ百余名しか出していなかった。そこで佐賀藩の担当家老と長崎番所番頭も切腹、組頭十名は家禄没収という責を負わされた。さらに、九代藩主・鍋島斉直《なりなお》は幕府より百日間、江戸屋敷で閉門に処せられ、その間、屋敷周辺と佐賀城下は火が消えたような状態であった。

幸い筑前藩は難を免れたが、この事件は長崎警護の重要性を痛感させた。ペリー来航以前に、筑前藩と佐賀藩は国防について大きな教訓を得たのである。

事件後、幕府、筑前藩、佐賀藩は防備を固めることに専念した。両藩は競って科学技術・砲術の研究、導入を行い、有能な人材の登用を図った。この事件の教訓と、佐賀に鍋島閑叟（直正）、筑前に黒田長溥のような蘭癖藩主がいたことが、両藩が近代化を進めることができた大きな要因であったのである。

長溥によって筑前・博多に西洋科学技術の研究所、そして殖産の工場でもある「精煉所」が作られたのは弘化四（一八四七）年のことである。場所は那珂川の中洲、東中洲の一角であった。

ここでは、銃砲の研究製造、鉱物の分析、反射炉を造るための煉瓦の研究、火薬の製造など主として軍事目的のもの以外にも、医薬品、化学薬品の研究試作、写真術、時計、ガラス製品など多岐にわたる研究がなされた。さらに陶器、博多織など殖産部門にも力を入れて、領内向け、他領への輸出向けと製造に励んだ。

東中洲の「精煉所」では将来は鋼製の大砲を造る計画で、原料の鉄を領内に求め、運搬に便利でしかも質のよい鉄を出す場所を探すと、十数カ所が見つかった。糟屋郡、宗像郡の海岸地方が多かったが、海岸の砂鉄は運搬には苦労しないものの塩分が多いのが欠点であった。それに比べ糟屋郡と鞍手郡の境にある犬鳴《いぬなき》の山中から出るものは質がよかった。しかし運搬が大変であったので、約七里の堀を掘って舟で運ぶなど色々と苦心した。

一方、長溥は身分出自を問わず有能な若者を選んで長崎の海軍伝習所などに出し、反射炉、高炉など西洋の製鉄、製鋼の技術を学ばせた。この伝習生には鉄砲鍛冶師の児島伝平、鋳物《いもじ》師の磯野七平、大工の津田又市、銃台師の武藤文平らが選ばれている。

長溥はこのほか領内に豊富に産する石炭にも目を向けているが、まずは金鉱の開発に力を入れた。採金の先進地である薩摩に藩士を出して研究させたり、薩摩から技術者を呼んだり、また江戸の青山吉十郎という金山の専門家を招くなどした。青山は幕府に知られるのを恐れ太宰府に参詣するという名目で下ってきたが、鉱夫を数十人連れてきた。

ところがこの金鉱は、いざ手をつけてみると費用がかかる割に出鉱が少なかった。また鉱夫には無頼の徒が多く、鉱山付近の風紀が乱れるという苦情が出たので、ついに断念した。

一方、石炭は筑前の特産品として藩が専売制度を敷いて、他領に輸出していたが、幕末に至るまでそれほどの需要はなかった。

その需要が増してきたのは、大きな熱源を必要とする蒸気機関が導入されるようになってからであった。ペリーもプチャーチンも蒸気船に乗って日本にやって来た。手漕ぎの船か風まかせで走る帆船しか知らなかった日本人にとって、蒸気で走る快速船は恐るべき怪物のように見えたが、一方で知識を求める一部の日本人にとっては素晴らしい憧れの的であった。その人々は黒船の原動力である蒸気機関の仕組みがどうなっているのか知りたいと思った。もちろん黒田長溥もその一人であった。

筑前藩の長崎伝習生で鉄砲鍛冶師の児島伝平は、オランダ人の医師ヤン・カレル・ファン・デン・ブルークに就いて製鉄の技術を学んでいた。

あるとき、ファン・デン・ブルークが伝平に、

「君らは製鉄のことを学んでいるが、一体何が目的なのかね？」

と聞いたので、

「それは第一に鋼鉄を作って鉄砲を製造することですが、将来的には軍艦を建造したいというのが、我が藩主・黒田長溥公の思し召しです」

「そうか。しかし軍艦を建造するには、まず蒸気機関が必要である。蒸気機関による動力がなければ軍艦に必要な部品や機械は作れないし、船体も造れない。したがって軍艦も動かない」

「蒸気機関とはどんなものですか」

「口で言ってもわからないから図面を描いてあげよう」

と言って数回にわたって図面を描いてくれた。

その後、筑前・博多の精煉所に帰った児島伝平らは、紆余曲折はあったものの蒸気機関を造り上げた。

安政五（一八五八）年の十一月、幕府の軍艦「咸臨丸」と「エド号（のち朝陽丸）」に長崎海軍伝習所の勝海舟らを乗せて筑前を訪れた伝習所教官カッテンディーケは、筑前の製銃所を見学して、日記に「ここには小型蒸気機関が据え付けられていた」と書いている。彼が見たのは、ファン・デン・ブルークの指導で児島伝平、深見藤右衛門らが造った蒸気機関であった。

安政四年、薩摩では島津斉彬によって総合技術研究所とも言うべき「集成館」が鹿児島に開設され、反射炉も建設されていた。その頃、芝・田町の薩摩江戸屋敷では蒸気船の研究を盛んにやっていた。ちょうど参勤で江戸にいた長溥は、斉彬に頼んで筑前から見学を兼ねて手伝いを出すことになり、児島伝平と武藤文平を長崎から呼び寄せて薩摩屋敷に行かせた。二人は薩摩の技術を習うとともに、薩摩より進んでいた製銃の技術を伝えた。長溥はいつも、薩摩には負けられぬと言っていた。斉彬と長溥は兄弟のように親しかったし、よきライバルであった。

筑前藩は銃の製造で銃身の内側に螺旋《らせん》状の溝を彫るなど、色々と新しいアイデアを生み出していたが、射撃の訓練にも力を入れていたので名手が多かった。これは従来、飛び道具の鉄砲は高度な精神文化と武士道を持った「士《さむらい》」が学ぶものではない、という古い通念があったのを長溥が打破して、士にも積極的に射撃の練習を勧めたからである。

長溥が精煉所を作った究極の目的は、児島伝平がファン・デン・ブルークに答えたように大砲や軍艦を造ることであった。現実とその目標との間には気が遠くなるほどの距離があったが、とにかく一歩でも二歩でも近づこうとする意気込みがあった。

これからは旧式の青銅砲では役に立たない。鋼の砲を造らねばならぬ。そのためには反射炉を建設しなければならぬ。反射炉を造るには硬質耐火煉瓦が必要である、ということで、煉瓦作りの技術習得のため瓦町の瓦職人・与七、幸吉が長崎に派遣された。与七らは技術を習得して帰り、早良郡野方村の土を使って耐火煉瓦を作ったが、反射炉は雛形程度のものを鋳物師・磯野七平の仕事場に造っただけで、結局、鋼鉄砲を造るところまではいかなかった。

これには技術上の問題というより、藩内の事情に問題があったのである。

長溥の西洋技術導入には、藩内では理解する者が甚だ少なかった。精煉所をはじめ長溥の近代技術導入は殿様の道楽に過ぎないという見方をする者が多く、しかも莫大な費用を必要としたので、財政窮乏の折から、いい加減にしてもらいたいという意見が多かった。

そして、もう一つ大きな原因があった。養子の藩主が続く筑前藩ならではの、藩内の力関係の難しさである。

この頃、筑前藩と交替で長崎警護を務めている佐賀藩は、鍋島直正の手で反射炉を建設し、鋼製の大砲やアームストロング砲の製造を行い、さらに蒸気船「凌風丸《りょうふう》」を建造し、小型蒸気機関車まで造っている。島津斉彬の薩摩でも反射炉が稼動していて、佐賀藩に負けじと研究が進んでいる。にもかかわらず筑前藩では反射炉一つ満足にできていなかった。

家臣団、とくに重臣層の因循さは何も筑前藩だけに限ったことではないが、古いしきたりを大事に守って新しいことは一切やらないという旧套墨守《きゅうとうぼくしゅ》が二百数十年間、美徳とされてきたので、それも当然のことではあった。

しかし藩主が強引に引っ張っていけば渋々でも付いて来たかもしれないが、それには家臣団にぐずぐず言わせないだけの絶対的な力が必要であった。この点が筑前藩の場合は佐賀藩、薩摩藩とは違っていた。それは長溥の統率力の問題ではなく、どうしようもない出自にかかわることであった。直正、斉彬が父祖伝来の領地に君臨する累代の藩主であるのに対し、長溥は他家（島津）から入った養子殿様である。藩主であることに変わりはないが、封建時代の君臣関係としては重大な差があった。同じ無理ごとでも迫力が違うのである。長溥も持ち前の負けん気で突っ張ったが、因循派の重臣たちに対しては、やはり、どうすることもできないものがあったのである。

斉彬の死

安政四（一八五七）年六月十七日、老中・阿部正弘が過労のため三十九歳の若さで急逝した。彼の死は、薩摩のお由羅騒動から黒船騒動までなにかと協力し合ってきた黒田長溥にとって衝撃的な出来事であった。

翌年七月、長溥はまた一つ痛恨の極みといえる悲しみに打ちひしがれた。薩摩藩主・島津斉彬が急死したのである。

二人の続柄は長溥が大叔父（祖父の弟）、斉彬が従孫《おいまご》という関係であったが、年齢は長溥が斉彬より二歳年下であった。

二人とも幼時は島津重豪のもとで兄弟のようにして育てられた。重豪は知識欲が旺盛で、西洋の文物に興味を持ち「蘭癖」といわれた人であったので、島津の子弟は幼年時代からこの重豪の影響を受けていた。

斉彬は長じて薩摩藩主として外国の圧力をまともに受けることになるのだが、長溥も長崎警護の責任者として同じような環境の下に置かれた。

二人は生い立ちからも、成人して置かれた立場からも、進歩的な考えを持つようになるのは当然のことであった。

斉彬は薩摩藩の継嗣問題で苦汁をなめたが、このときに強力に斉彬を支援してくれたのが黒田長溥であった。

長溥はそのとき、筑前藩の藩主であった。そして弘化四年、西洋科学技術の研究、修得を目指した「精煉所」を東中洲に作った。

斉彬も安政四年五月、鹿児島に「集成館」という科学技術の研究所、製作所を作って西洋の技術を本格的に取り入れたが、わずか一年後の七月十六日に亡くなった。

長溥は六月頃まで斉彬と文通しており、七月に薩摩藩の家老から筑前藩の家老宛に斉彬の重病を知らせる手紙が来ていたのだが、江戸への参府を断るための口実だと思っていた。斉彬も長溥もちょいちょい仮病を使っていたので、多分そんなことだろうと思っていたのだ。ところが、後になって斉彬が七月十六日に死去していたことがわかり、「誠に仰天残念至極に御座候」と親友の宇和島藩主・伊達宗城への手紙に書いている。

死去の情報は長崎奉行所から入ったもので、薩摩の方からは正式には何も言ってこない。使いの者を薩摩に出して、やっと詳しい事情がわかった次第で、長溥はこの薩摩側の扱いに大変憤慨した。


斉彬死去の経緯については、次のように知らされた。

この年（安政五年）四月に井伊直弼が大老に就いて以来、斉彬は将軍後継を巡って井伊と激しく対立。擁立を果たした井伊が反対派の弾圧（安政の大獄）を始めると、斉彬は強く反発し、抗議のために上洛も企図していた。ところがこの間の非常な激務に疲労がたまり、見かねた家臣たちの勧めで、斉彬は七月に入って磯の別邸でしばらく休養していた。そして体調も落ち着き、七月九日に磯から一里ほど離れた場所で大調練を行った。

帰りは船で釣りをしながら帰った。釣果も良く酒の用意もしてあったのでそれを肴にご満悦であったが、そのうち腹具合が悪くなり、下船後そのまま床に着いてしまった。家臣たちは暑気にあたられたのではないかと思ったが、高熱と下痢が何日も繰り返された。

十五日になると、斉彬は側近の山田荘右衛門を枕もとに呼んで「もう長くはないだろうから、あとのことを申しつけておきたい」と言い出したので、荘右衛門はびっくりして暗然となった。

それから急ぎ一門の人々が枕もとに呼ばれ、斉彬は跡目を又次郎（久光の長子・忠義、十九歳）に譲ること、順継嗣は昨年生まれたばかりの斉彬の子とすることなどを申し渡して翌十六日朝に亡くなった。五十歳であった。

斉彬は自分が再起不能であることを悟って、これまで続けてきた西洋技術の研究を長溥に託し、長持五棹《さお》に及ぶ道具類を全て筑前まで届けてよこした。その中には秘蔵の写真機材なども入っていた。斉彬は写真術を完成させるつもりでいたが、できなくなったので長溥にあとを頼んだのである。長溥も是非自分の手で完成させたいと思った。

長溥は、斉彬の死についてはしばらくは悪い夢のような気がして現実を受け入れることができなかった。前年の阿部正弘の死に続く斉彬の死は、長溥が抱いていた国家改革の構想を完全に瓦解させせて実現困難にしてしまったのである。

斉彬の死は当然、薩摩藩にとっても驚天動地の大事件であった。特に継嗣問題以来、斉彬の擁立に命がけで働いてきた人々にとっては、太陽を失って辺りが暗やみになってしまったような衝撃であった。その筆頭が、斉彬を神様のように思っていた西郷吉之助隆盛である。

斉彬は藩主になってから、自分を排除しようとしたお由羅派に対して報復的な措置は一切とらなかったし、異母弟である久光の子・忠義を世子とした。こうすることが薩摩藩内の抗争に終止符を打つことになると考えたからである。

かつて久光の暗殺すら企てていた西郷らはこの斉彬の措置に不満であったが、斉彬にたしなめられておさまっていた。斉彬の死によって忠義が藩主となる、ということは藩主の実父である久光が実権を握ることである。西郷は久光が嫌いであったし、久光も西郷が嫌いであった。西郷がこののち、月照《げっしょう》と一緒に入水自殺を図るのも、斉彬の死により希望がなくなったからであった。

やや遡るが、老中・阿部伊勢守正弘死去のあとに頭角を現した大老・井伊掃部頭《かもんのかみ》直弼は、国内外の諸問題に対し、阿部の柔軟なやり方とは対照的な強硬策をとった。

幕政の責任者として井伊大老が避けて通れない問題があった。それは日米修好通商条約締結における天皇の許可（勅許）のことであった。アメリカ総領事ハリスはしきりに催促してくる。勅許を待っていたのでは条約の締結はいつになるかわからない。そこで、幕府はやむなく勅許を待たずに調印を強行してしまったのである。

そもそも幕府のやることに勅許を得なければならぬというのは、それまでなかったことであり、ここに来て勅許が急に叫ばれるようになったのは、明らかに幕府の権威が衰えてきたことを物語っている。幕府としては、こういう重大な問題については責任の一端を朝廷に負わせるというメリットも考えたのであるが、それは裏目に出た。朝廷は攘夷に凝り固まっていたので、幕府の要請を容れて勅許を下すようなことはなかった。また、尊王攘夷派の朝廷への働きかけ、いわゆる「京都手入れ」がしきりに行われて、幕府にとってますます都合の悪い状態になっていた。

幕府が勅許を待たずに条約を結ぶと、攘夷派は「違勅だ、違勅だ」と鬼の首でも取ったように騒ぎたてた。もともと幕府を困らせてやろうというのだから遠慮はしない。そこで大老井伊直弼は、浪人から下級武士、公家、諸侯に至るまで、幕政を批判する勢力に対して力で立ち向かう決意を固めた。

井伊には、この攘夷論の横行のほかに、もう一つ厄介な問題があった。将軍継嗣問題である。十三代将軍家定は病身で子供がなかったので、養子を入れなければならない。候補にあがっていたのは紀州の徳川慶福《よしとみ》（安政五年時十三歳）と一橋の徳川慶喜《よしのぶ》（二十二歳）で、それぞれにあと押しがついて暗闘を続けていた。慶喜は一橋家の養子になっていたが、水戸の徳川斉昭の七男である。阿部正弘をはじめ島津斉彬、黒田長溥、松平慶永、伊達宗城らが一橋派で、慶喜に期待していた。

将軍家定は、鋭い頭脳を持ち活発な慶喜が嫌いで、幼くておっとりしている慶福を好ましく思っていた。家定は暗愚といわれていたが必ずしもそうではなかった。もちろん常人以上の賢明さはなかったが、自己の意思は持っていた。常人より肉体的にも精神的にも劣っているという自覚があったので、慶喜のようなタイプの人間を嫌っていた。奥女中が騒ぐような美男子も嫌いで、ヤキモチも相当ひどかった。阿部正弘は美男子で奥女中たちに人気があることから嫌っていた。その正弘が慶喜を推している。家定の気持ちが慶喜ではなく慶福に傾くのは当然のことであった。なお、家定の正室は島津斉彬の養女から近衛忠熙《ただひろ》の養女となった篤姫（天璋院）である。斉彬は、家定の推す慶福ではなく慶喜を推すことは篤姫に申し訳ないと思ったが、割り切らざるを得なかった。

井伊直弼は水戸斉昭が嫌いであった。もし慶喜を継嗣にすれば次の将軍である。そうなると必ず実父の斉昭が表舞台に出てくるに違いない。そうでなくとも幕政に一々口を出してくる攘夷派の斉昭のことだから、今後の幕政運営は容易ならぬ困難にぶち当たるだろう。奥女中たちも小うるさい水戸の斉昭が大嫌いであった。

将軍継嗣問題は、紀州慶福派の井伊直弼が大老に就任したので慶福に決まった。慶福は間もなく十四代将軍・家茂《いえもち》となる。

黒田長溥は最も親しかった島津斉彬、阿部正弘を失ってがっかりしているところへ、期待していた一橋慶喜も出番を失ったのでひどく落胆した。そこへ井伊大老の尊攘派、慶喜擁立派への弾圧、追撃が始まった。安政の大獄の始まりである。

幕府は安政五年七月五日、次のような処分を行った。幕府が行った処分だから当然将軍が行ったということになるのだが、将軍家定はこの日、臨終の床にあり、翌六日に亡くなっている。したがってこの処分は、将軍の意思とは関係なく大老の井伊直弼が強行したものである。

徳川斉昭（前水戸藩主）　永蟄居
徳川慶篤（水戸藩主）　差控
一橋慶喜（一橋家主）　隠居、慎
徳川慶恕（尾張藩主）　隠居、慎
松平慶永（越前藩主）　隠居、慎
山内豊信（土佐藩主）　慎（後に隠居）
安島帯刀（水戸藩家老）　切腹
橋本左内（越前藩士）　死罪
吉田松陰（長州藩士）　死罪
頼三樹三郎（頼山陽の子）　死罪
小林良典（鷹司家家臣）　遠島

処分はこのほかに、切腹、死罪、獄死、遠島など百人余に及んだ。井伊はそれによって権威を示そうとしたのである。

直弼は彦根藩主・井伊直中《なおなか》の十四男である。三十歳を過ぎるまで冷や飯食いの部屋住みで、自分の居所を「埋木舎《うもれぎのや》」と名づけていた。一生花の咲くこともあるまい、という自嘲の命名である。ところが運命というものはわからないもので、兄たちが次々に養子に行ったり死んだりで、養子の口もかからなかった直弼が三十六歳で突然、日の当たる場所に躍り出た。藩主であった兄の直亮《なおあき》が嘉永三年に死去したので、直弼が彦根三十五万石の藩主になった。

安政の大獄で行った彼の残酷なやり口は、三十数年間の抑圧された部屋住みの間に形成された陰湿で執念深い性格によるもので、怨念の爆発であった。自分に反対する家格の高い諸侯や、反幕的思想をもつ攘夷派の公家に対して、痛烈な報復を断行した。直弼が特に激しい敵意を抱いたのは水戸の徳川斉昭であった。斉昭も直弼が大嫌いであった。

安政の大獄は、失われかかった幕府の権威を回復するために行った起死回生の手荒い大手術であったが、寄ってたかっていびり上げられた井伊大老の残忍な敵討ちでもあった。

安政五年九月十一日の夜がようやく明ける頃、京都から伏見に通じる街道を、一丁の駕籠に三人の男がついて南に向かっていた。三人のうち一人の武士は図抜けた大男で、あとの一人も武士、もう一人は駕籠の人物の従者らしい。

駕籠の中にいたのは京都・清水寺の僧・月照《げっしょう》、駕籠わきの武士は薩摩の西郷隆盛と有村俊斎（海江田信義）、それに月照の下男・重助であった。

月照は近衛忠熙など公家や親王家に出入りする一方、梅田雲浜《うんぴん》、頼三樹三郎、水戸の鵜飼吉左衛門、薩摩の西郷隆盛などと交友があり、朝廷と諸侯、志士のあっせん連絡にも当たっていた。当然、尊王反幕であったので幕府に目をつけられた。梅田雲浜が逮捕されて危険が迫っているのを感じ、京から脱出することを考えた。そこで、近衛忠熙は西郷に月照の逃亡を助けてくれるよう依頼した。西郷はそれを引き受け、近衛邸に隠れていた月照を夜陰にまぎれて連れ出した。一行は伏見から舟で淀川を下り大坂へ出て、そこから瀬戸内海を西へ向かい、十月一日に下関に着いた。

月照は下関から筑前に入り、しばらく上座《じょうざ》郡大庭村に潜伏していた。西郷は一足先に薩摩に向かった。もうその頃には京都の目明しが月照を追って筑前に向かっていた。筑前で月照の護衛についたのは、お由羅騒動の際、薩摩を出奔して黒田長溥の庇護を受けていた薩摩藩士の二人であった。彼らは、月照を護衛して薩摩に行くには筑前藩脱藩志士の平野国臣が打ってつけだと思い、平野に頼み込んだ。

平野、月照、従者の重助は、山伏姿で薩摩に潜入した。無事に西郷のもとに月照を届けることはできたのだが、斉彬のいなくなった薩摩は以前の薩摩ではなく、西郷にとっては居心地が悪く、また藩庁にとっても迷惑なことであった。鹿児島城下で月照を捕吏の手に渡すことは、薩摩の面目にかかわることだし、近衛公への義理も立たない。かといって幕府の追及に対し、月照の入薩の事実はないと突っぱねるわけにもいかない。

そこで藩庁は西郷に対し、月照を日向に護送して法華岳寺に移せと命じた。月照は、日向へ送られることは実質的な処刑だと理解した。西郷は心中大いに憤慨したが、命に従わないわけにはいかないので渋々従った。その月照の移送に藩庁から、阪口周右衛門という練達の藩士が同行することになった。移送の監視役である。

安政五年十一月十五日夜、鹿児島錦江湾の納屋浜から用意の船に乗った。月照、西郷、平野、重助、それに船着場で待っていた阪口の五人が乗り込んで、大隅の福山浦に向かって船出した。

陰暦十五日の夜、満月の空に巨大な桜島が黒々とそびえていた。外海と違って静かな

水面をすべるように船は進んだ。船中には手回しよく酒肴の用意が整っていて、西郷は、

「今夜は気のつまる話はやめて大いに飲もう」

と言った。

酒がまわると平野が懐から笛を取り出して得意の曲を吹奏した。平野の笛に一同聞きほれるうちにも、船は大隅目指して進んで行く。やがて酔って眠り込んでしまった平野がただならぬ気配に目をさましたときは、月照と西郷が海中に飛び込んだあとであった。

阪口が船頭たちに、

「船をとめろ！　帆をおろせ！」

と叫び、海面を血まなこで探していると、西郷と月照が抱き合ったまま浮き上がってきた。船を寄せて引き上げたが月照はすでに息絶えており、西郷はまだ息があったので、船を岸に着けて火をたいて介抱するうちに、どうやら息を吹き返した。

安政の大獄で幕府の追及を逃れて京都を脱出した月照が、他の志士たちの処刑に先立って命を落としたのは皮肉な運命であった。

平野は十二月初めに筑前に帰り着いた。当時は安政の大獄進行の真っ最中で、筑前藩では月照をかくまった薩摩藩士を筑前領内の離島に流した。平野も藩の処罰から逃れる

ため筑前を脱出して京都に向かった。京都では幕府による尊攘志士逮捕が続いていた。長く留まれる場所ではないと思った平野は、河内から紀州を回り、さらに勤王思想が盛んな備中連島《つらじま》の豪商・三宅定太郎宅に潜伏した。

その頃、水戸・薩摩の浪士による井伊大老襲撃計画が着々と進められていた。安政七年（一八六〇年。三月十八日に万延と改元）二月に下関で薩摩の田中謙助からこの話を聞いた平野は、これは必ず成功すると思って、筑前藩奥頭取の吉永源八郎にその内容を知らせた。「この襲撃計画は必ず成功する。そして天下は大騒動になる。このさい筑前藩もいろいろと手を打っておかねばならない」と書き、米や兵器、弾薬製造の原料などの確保が当面の急務であると続けている。

平野の予想通り大老の首は飛んだ。それも意外に早い時期に実現した。

安政七年三月三日、江戸は前夜からの雪でお城も堀端も一面の銀世界であった。午前八時頃から各大名の登城行列が通る。水戸藩士十七人に薩摩の有村次左衛門が加わった十八人の襲撃部隊の面々は、行列の道を両側から挟む形で、思い思いに合羽を着たり笠をかぶったりして大名行列を見物しているふりをした。当時、桜田門付近では、大名の石高、家紋などを記した本を持って行列を見物するのが流行っていた。

やがて井伊の行列が来た。道の左右に分かれていた襲撃隊の中に大老の行列が挟まれた瞬間、一人が直訴する形で「捧げます！」と叫んで供先に駆け寄った。それを合図に皆、笠や合羽を脱ぎ棄てると、白だすきの戦闘支度であった。一斉に抜刀して行列に斬り込んでいく。井伊の供侍たちは雪が降っていたので刀に柄《つか》袋をかけていて、とっさに抜き合わせることができなかった。

襲撃隊の黒沢忠三郎は駕籠を狙って短銃を放った。この弾丸は駕籠の中の大老の太ももから腰にかけて貫通した。駕籠かきは戦闘が始まるとすぐに逃げてしまったので、駕籠はその場に放置されたままであった。

襲撃隊は駕籠に向かって殺到する。駕籠の外から刀を突き刺すと、たしかに人体を刺したにぶい手ごたえがあった。有村が駕籠の戸をこじ開けて、まだ息のあった大老を引きずり出し、起き上がろうとするところ首を打ち落とした。首は血で染まった雪の上に、石のようにゴロンと転がった。

有村が「仕止めた！」と叫んで首を高く差し上げた。

首のない大老の胴体は駕籠の脇に放置されたまま、敵も味方も雪に足を取られながら闘った。

大老暗殺の情報が伝わると、勤王派の志士たちは喝采を叫んだ。各藩はこの事件にどう対処すべきか真剣に考えたが、筑前藩は幕府の追及を警戒して、この事件に関与していたと思われる者を処分することとした。藩庁はこれら勤王派の動きによって藩に累が及ぶのを恐れ、もっぱら幕府の嫌疑を免れようと懸命であった。当時の幕府はまだ諸藩を圧する力を持っていたのであった。

まず平野国臣に逮捕の手を伸ばした。平野は井伊大老暗殺に直接かかわってはいなかったが、事前に情報をつかんで藩に通報したからである。平野の文書に対し、「脱藩しているだけでも罪であるのに、このような僭越なことを言うとはもっての外である。そして、このような大事に関係し藩士を煽動した形跡がある」ということで、厳しい追及を開始した。平野としては、むしろ功績を賞されてもいいはずなのに、逆に追及を受けるというのは心外であった。しかし迫ってくる危険は避けなければならない。このときから平野は、筑前の盗賊方に追われて薩摩、肥後、長州、京都と遍歴するのであるが、この間に志士仲間も増え、頭角を現していく。

筑前勤王党

安政七（一八六〇）年三月三日の桜田門外の変を契機に、筑前藩でも勤王派の動きが活発になってきた。とくに藩主黒田長溥の参勤をめぐって藩論が沸いた。

まず、月形洗蔵が五月十一日に意見書を提出した。次いで海津《かいづ》幸一、鷹取養巴《ようは》、城武《じょう》平らが参勤反対の考えを言上《ごんじょう》した。さらに他国の状況を見て帰藩した中村円太は、江上栄之進、浅香市作と話し合い、薩摩を通して藩を動かそうとして鹿児島に奔《はし》った。

彼らの主張の大意は、「藩政改革の基本を勤王に置き、在国して富国強兵の策を講ずべきである。今は参勤出府のときではない」というものであった。そして月形は八月に入って二度、藩主長溥に会った。ここでも「一朝事あれば天朝忠義のためには一藩を犠牲にすることもあえて辞さないお覚悟が必要」と直言した。

こうした動きに対し長溥は、一旦は彼ら勤王派の意見を入れて八月十八日に参府延期の決定をしている。しかし藩庁は、封建体制の大きな柱である参勤交代を簡単に止めるわけにはいかないとして、十月に参勤実施を決めた。そして月形らに、「一藩の制法に悖《もと》る」として謹慎・幽閉を命じた。万延元年は干支でいえば庚申の年であったので、この事件を「庚申の党事」といっている。

長溥はこの年の参勤で中将に昇進、行列に三本槍を使うことを許され、江戸城内での席順も大廊下席に移された。

長溥が参勤交代から帰城したのは、翌文久元（一八六一）年四月五日であった。本来なら昇進などの慶事とあって大赦となるところだが、「庚申の党事」は藩政に口出しした不届き者の行為で、もっての外であるとして藩庁は厳罰で臨んだ。世にいう「辛酉《しんゆう》の獄」である。筑前藩の勤王派と当時の藩庁側との双方が、不毛な対立の道に突き進むこととなったのであった。

勤王思想ならびに志士の輩出は、安政五年の日米修好通商条約締結が引き金となって急激に動きが高まるのだが、筑前藩の場合も例外ではない。ただ、勤王思想自体の芽生えはこのとき始まったものではなく、いつの時代にもそういう考えを持つ人々はいた。

有職故実《ゆうそくこじつ》を学ぶことによって復古思想を持った人。神道や仏教を通じて武士政権の矛盾に気付いた人。学問、特に国学によって啓発された人。漢学・陽明学の知行同一説などを通して大義に生きた人。和歌を学び万葉、古今の世界を知り、勤王思想をつかんだ人など。行き着くところは同じだが、たどった道筋は多様である。幕末以前の筑前藩でも、貝原益軒、亀井南冥、江上苓洲、大隈言道、城武平、今中仁左衛門、そして月形一族など挙げればきりがない。

これらの人たちの共通項は、元弘・建武時代に思いを馳せ、南朝を追慕していることである。なかでも楠木正成（楠公《なんこう》）思慕の念は強く、それぞれの時代にその思いが現れている。

城武平も今中仁左衛門、長尾正兵衛、伊丹三十郎ら数十人と「楠公会」を結成した。「楠公会」は、後醍醐天皇に忠義を尽くして鎌倉幕府を滅亡に追いつめた楠木正成に対する尊崇を掲げたもので、楠公を祭ることによって士気を高め、尊王の大義を唱えることを目的とした。佐賀藩の枝吉神陽《えだよししんよう》が同志を集め、本庄村にあった楠公像の前で「義祭同盟」を立ち上げたのと似ている。

城武平は毎月、楠木正成の戦没日に会合を開き、『神皇正統記《じんのうしょうとうき》』や『太平記』を講義した。また彼は、元弘の乱で討ち死にした菊池武時の墓を探して修築した。天保三（一八三二）年三月十三日、早良郡七隈原で武時戦死五百年忌を開き、藩内の学者、文人に感動を与え、勤王の士気を鼓舞した。

この祭典の挙行が筑前勤王派の発祥と言えるだろう。勤王論はそれまで潜在していたが政治活動とは結びつかなかった。それが形として現れたのがこの祭典である。

安政五（一八五八）年は幕末において最も重大な局面を抱えた年であった。幕府では井伊直弼が大老となり、通商条約問題や将軍継嗣をめぐって政局は混迷を深めた。当時の志士たちの共通の指針は「尊王攘夷」であった。彼らは初めは幕藩体制護持論であり、反幕の気持ちはなかった。ところが幕府が独断で開国を決定してから、攘夷論と開国論に分裂した。攘夷論は幕府反対論となり、開国論は幕府護持の佐幕となった。幕府反対論といっても、それはただちに討幕論ではなく、天皇の下における幕府と諸藩の挙国一致を目ざしたものであった。しかし彼らはやがて尖鋭化していった。

攘夷論は、天皇から諸藩下級武士にいたるまでが持っていた封建的な排外主義であった。それが日本は神国であるという国学の広まりによって、よりいっそう激烈なものとなった。そして、夷狄《いてき》を引き入れた幕府に対し憎悪を深めることとなった。

文久年間、攘夷運動は燎原《りょうげん》の火のような勢いで全国に広まった。文久元（一八六一）年五月、長崎から江戸高輪の宿舎・東禅寺に入ったイギリス公使オールコックの一行が、攘夷派浪士に襲撃された。襲ったのは水戸浪士十四人。外国人が霊峰富士山に登ったのは神国日本を汚したものである、という狂信的な考えによる犯行であった。

翌文久二年一月には江戸城坂下門外で、老中安藤対馬守が攘夷派浪士に襲撃された。さきの桜田門外の変とは異なり、事前に察知していた幕府の警備は厳重で、安藤は負傷したものの無事であった。

同年四月二十三日、佐幕派の公卿らを襲撃するため京都伏見の船宿・寺田屋に集結していた薩摩藩を中心とする攘夷派志士と、これを説得に来た薩摩藩の使者との話し合いが決裂して斬り合いとなり、攘夷派の志士有馬新七ら多数が斬殺されるという事件が起きた。後にいう寺田屋事件である。

安政五年に薩摩藩主島津斉彬が死去すると、斉彬の遺命によって異母弟久光の子・忠義が藩主の座についた。久光はその後見人として藩の実権を握り、自ら国父といった。

その久光が文久二年春、朝廷から幕政改革の勅命を受けて、藩兵一千人を率いて上京した。久光も熱烈な攘夷主義者である。そこでこの上京を討幕運動と思った諸藩の志士たちは、京都に集結して久光に望みをかけた。ところが久光の攘夷主義はあくまでも封建秩序を守るためのものであり、討幕という考えは持っていなかった。このため久光は自藩の浪士が過激な行動を起こすことを恐れ、奈良原喜八郎ら九人を寺田屋に鎮撫使として派遣した。しかし話し合いは難航し、押し問答のすえ「上意！」の大声とともに斬り合いとなった。凄惨な同士討ちであった。この寺田屋事件によって、攘夷派志士たちは諸侯頼むに足らずと思った。そこで彼らは最後の望みを天皇にかけ、続々と京都に集まった。

翌文久三（一八六三）年三月、将軍家茂が上洛した。将軍お供のもとに天皇の加茂神社行幸、攘夷祈願があり、続いて石清水行幸となった。幕府もついに五月十日を攘夷決行の日とすると朝廷に答えた。攘夷派の気勢は上がったが、孝明天皇の攘夷主義も久光と同じで、封建秩序を乱すことは嫌った。

このような情勢のもと、同年八月十八日未明、朝廷に異変が起きた。中川宮を中心とする朝廷内の公武合体派が巻き返しを図り、会津・薩摩の藩兵とともに朝廷の主導権を握り、尊攘派を京都から追放した。世にいう「八月十八日の政変」である。

尊王攘夷運動はこうしていくつかの波をかぶっていったが、しかし討幕にいたるまでには、まだまだ多くの時間を必要とした。一口に尊王攘夷といっても討幕までは考えず攘夷の段階で終えた者も多い。西郷隆盛にしても討幕思想に到達したのは、慶応元（一八六五）年頃になってからである。彼はその前年の幕府の第一次長州征伐では幕府側にいる。このように尊攘派の志士は、必ずしもまだ討幕一辺倒ではなかった。

こうした状況にあって筑前藩がとった方針や姿勢は、公武合体論であった。公武合体論とは、朝廷（公家）と幕府（武士）とが協力して政局を安定させようとする思想をいい、封建体制を維持するための政治路線であった。当初は筑前藩に限らず、薩摩藩や土佐藩も公武合体論であった。

八・一八の政変に先立つ一年前の文久二年七月、長溥のもとに右大臣二条斉敬《なりゆき》を通じて内勅が降りた。内勅は筑前のほか薩摩、長州、土佐、仙台、芸州、佐賀、久留米、阿波、岡など十四藩に降《くだ》されたが、特に筑前藩に対しては薩長とともに公武周旋方を依頼したものであった。このため長溥は同年九月二十八日、福岡を出立し、翌文久三年三月までの間、京都や江戸で幕府が攘夷の勅命を奉ずるよう奔走した。

帰藩後、長溥は七月、川越又右衛門と牧市内に内命。熊本と鹿児島に遣わし、「京都の形勢は傍観できない。三藩で力を合わせ、上京して公武合体に当たりたい」と薩摩・肥後・筑前の三藩連合策を図った。これに対し薩摩では、海江田信義と藤井良蔵の二人を答使として筑前へ派遣して、「当方においても、かねて同様の所存なり。機会を失わず上京する」と答えた。また肥後藩も、長岡澄之助、良之助を上京させて尽力することを約束した。

諸藩の往来も盛んで、平戸藩の使者安藤庄兵衛（藤二）、岩国藩の森脇主税らが来福。あたかも公武合体運動は筑前藩を主軸として展開している様相を呈した。

同年の八・一八の政変は、長溥に三藩連合の必要性を痛感させた。家老黒田（立花）山城、建部武彦、喜多岡勇平らを特使として再び熊本、鹿児島へ遣わし、三藩連合と上京の約束をとりつけた。長溥は体調の悪い自分に代わって世子長知を上京させた。

長溥は長知の上京にあたり、藩士を城中大広間に集め、祖宗如水・長政の肖像を掲げ神水を頂き盟誓《めいせい》した。これは長溥の体調不良による藩内の動揺を鎮め、藩論をまとめるために行ったものである。

長知には黒田山城・浦上数馬の両家老、野村東馬・立花采女の両用人のほか建部武彦や衣非茂記らが従った。長知は翌元治元（一八六四）年四月までの約半年間在京して、公武の和合、長州藩の宥免《ゆうめん》などについて数回にわたり建議。帰途、長州の小郡で長州藩世子長門守と会談した。

当初、公武合体論と尊王攘夷論はなんら矛盾しなかった。両者は一つ家にあって同居していたと言える。しかし時が経つとともに尊王攘夷論は反体制、反幕的なものとなり、公武合体論は保守的なものになった。尊王攘夷の急進派にとっては、公武合体派のいう内部革新は滑稽なものと思えた。そこで劣勢だった公武合体派が巻き返しを図ったのが八・一八の政変で、尊攘派を京都から追放した一種のクーデターである。このクーデターは一時的には成功したかに見えたが、時代は公武合体論でまとまるときではなくなっていた。

ところで黒田長溥は、二重三重の関係で徳川家をはじめ一橋家や親幕派の二条家、近衛家とつながっていたので、勤王派の尊攘論は理解できても、幕府への忠誠に矛盾しない範囲での尊王忠幕、公武合体が彼の限界であった。

長溥の姉・茂子は第十一代将軍家斉の正室（広大院）で、近衛家の養女として入輿《じゅよ》した。将軍家斉は吉宗の孫に当たり、一橋家から入って本家の徳川を継いだ。長溥の黒田家への養子縁組も、また、長溥が万延元年、左近衛権中将に昇進し大名行列に槍三本を許されるが、これも広大院との続柄によったものであろう。

一橋家と黒田家との関係も古く、黒田七代治之は一橋宗尹《むねただ》の四男で、将軍家斉とは従兄弟。黒田九代斉隆も一橋治済の三男で、家斉の弟だった。

長溥の養父・斉清の夫人は二条左大臣治孝の娘で、この関係から幕末の京都の情報は逐一、二条家からもたらされた。

一方、薩摩藩主島津斉彬とは、長溥が大叔父（祖父の弟）、斉彬が従孫《おいまご》という続柄であった。年齢は斉彬の方が長溥より二歳年上だったが、幼時には兄弟のようにして重豪のもとで育てられた。斉彬は薩摩の継嗣問題で不遇な生活が続き四十三歳でやっと藩主となったが、このとき外部から強力に斉彬を支援したのが長溥であった。その斉彬は家斉の姪を夫人とし、また、養女に一族島津忠剛《ただたけ》の娘（篤姫）を迎えたのち、さらに近衛忠熙の養女・敬子《すみこ》として将軍家定の夫人とした。

その上、長溥の兄弟は薩摩藩主のほか、中津藩主奥平家、八戸藩主南部家を継ぎ、姉妹も桑名藩主松平家、大垣藩主戸田家、郡山藩主柳沢家、新庄藩主戸沢家などに嫁している。

この時代、大名が討幕へ踏み切るというのは意識において至難なことであった。大名は二百五十年間忠誠を誓い続け、その忠誠は秩序化し生活化して、武家社会の中にしっかりと根をおろしていた。

まして長溥の場合、こうした家系のつながりで、生まれたときから幕府的な立場を離れることなく生活してきたので、公武合体以上のものを要求するのは酷であった。長溥は幕府に対し忠勤な大名であった。このことが幕末期における筑前藩の政治運動を未熟なものとし、藩のエネルギーを生み出すことにならなかった。

加藤司書

慶長五（一六〇〇）年、黒田長政が関ケ原の戦いの軍功で筑前を与えられると、家臣・黒田一成《かずしげ》は下座郡に一万二千石を与えられ、三奈木《みなぎ》村に屋敷を構えた。その後、三奈木黒田家は代々加増を受け、元禄十五（一七〇二）年には一万六千二百五石余となり、明治に至るまでこの禄高を保った。中期以降の三奈木黒田家は筆頭家老として家臣団の中で特別な地位を守った。

加藤司書は黒田一成の兄・吉成《よししげ》の子孫である。司書が生まれたのは文政十三（十二月に天保と改元、一八三〇）年三月五日。この年、奇しくも長州の吉田松陰、薩摩の大久保利通が生をうけている。この三人は激動の時代にそれぞれの道を懸命に生きていくこととなるのである。

父は徳裕、母は側室友花で、司書は幼名を三太郎、長じて又左衛門と名乗った。

三太郎は天保十一（一八四〇）年、僅か十一歳で家督を相続した。三十一歳時の「万延分限帳」には中老十一番目に「二千八百五十九石九斗三升八勺四才　加藤又左衛門　早良郡預り　大名町堀端」とある。


司書が生まれた天保時代は、欧米列強の艦船がしきりにわが国沿岸に出没するようになった頃である。使節を送って通商を求める者、太平洋で捕鯨中に遭難して漂着する者、あるいは測量にことよせて湾内に入航する者があとを絶たなかった。

このため国防の充実が急に叫ばれるようになった。しかしこの頃、幕府や諸藩の財政はすでに困窮に瀕していた。天保三年から十三年に至る十一年間の幕府の歳入不足は五九六万二九九九両に達し、年平均約五四万二〇〇〇両の赤字を出していた。

にもかかわらず、幕府や諸藩も文化・文政時代の爛熟期のあとをうけて、将軍・諸侯をはじめ士・民の生活も贅沢となり、おのずと士風は頽廃し、風俗の紊乱《びんらん》も著しくなった。

加えて文政から天保年間にかけて天災が頻発し、未曽有の飢饉が続いた。一揆や打ちこわしが各地で勃発し、百姓一揆は天保の十四年間に五百七十件を数えている。

しかし政権は表面的にはまだまだ平穏であった。幕府は威厳を示していたし、諸藩は幕府の様子を窺っていた。

筑前藩も平和な明け暮れだった。平凡な現状維持の雰囲気に満ちていて、誰もがお役目大事と、自宅と城中を往復した。


二千石から三千石の中老や二千石未満の大組の武士は、城に面した堀端からその東の大名町や天神町の通りに住んだ。いずれの屋敷も広さは三千坪から四千坪もあった。

西側の下《しも》之橋を渡って堀端に出ると、そこには筋目の黒田惣右衛門（千三百石）、中老の小川民部（二千石）が住み、その隣に正法寺があって大組の木付太左衛門（千石）、竹森孫作（七百五十石）、永嶋彦右衛門（千四百石）、竹田安之進（千七百二十六石）と上級家臣の家々が堀を隔てて並んでいた。

竹田家の隣が加藤司書家で、東側の上《かみ》之橋を渡った堀端にあった。その堀端を東に向かって大名小路を進むと、左手に大銀杏のある飯田孫左衛門（二千七百三十石）の屋敷があって、「飯田どんの銀杏屋敷」といわれていた。

さらに天神町に向かって行くと、「林どんの名島門」、「母里《もり》どんの長屋門」があり、侍町の名物屋敷となっていた。

中老林丹後（二二三〇石）の先祖の太郎右衛門は掃部《かもん》ともいい、武勇を誇った黒田二十四騎の一人であった。秀吉の朝鮮出兵の文禄の役では加藤清正の虎退治が有名だが、実際に虎と一騎打ちをしたのは林掃部だけだったといわれている。文禄三（一五九四）年、戦闘の合間に黒田勢は虎狩りに出かけ、槍の達人だった掃部はこのとき一突きで虎を退治した。主君長政はこれを愛で、槍を「虎衝《とらつき》」と名づけたという。

掃部はその後もこの虎衝をふるって度々の合戦に目ざましい働きをみせ、筑前入国後には三千石を領して中老組の筆頭となった。その勲功によって屋敷の門には、名島城を取り壊し福岡城を築城した際にその遺構を拝領し、藩士のなかでは唯一人、二階造りの櫓門《やぐらもん》を許された。この名島門は桃山様式を残した見事なものであった。

母里どんとは、伏見城の福島正則邸で大盃の酒を飲み干し、「日本号」の槍をせしめた母里太兵衛のことである。海鼠《なまこ》壁の長屋門はその筋向いにあった名島門とともに、城下町らしい風情を備えていた。

大名小路は一旦、侍屋敷の塀に突き当たり、さらに東に進むには天神町か因幡町を通らねばならなかった。まっすぐに延びていない道が多いのが城下町の特徴で、敵が攻めてきたときに一気に攻められないためであった。

赤坂門と数馬《かずま》門との間にある堀は、西側を紺屋町堀、東側を肥前堀といった。肥前堀は肥前の助力により掘られたのでこの名がついた。紺屋町に続く雁林町《がんりんのちょう》や養巴町《ようはのちょう》の町名は医者の名が起源であった。

武士の家が最も多く集まっていたのは荒戸町であった。百数十軒の馬廻組などの中級藩士（百石以上千石以下）の武家屋敷が軒を並べていた。ここは築城の際、赤坂山を削りとった土と、堀を掘った土を運んで、荒津《あらつ》山（明治六年に西公園と改称）南側の入り江を埋め立ててできた新地であった。

荒津山のふもとにある伊崎浦は、城下町が造られたとき下関の伊崎の漁民を移住させてできた町で、その名がついた。荒津山の北側の荒津港は藩の港として栄えた。

荒津山の西側の土手を杉土手といった。築城当時、杉が植えられていたのでそう呼ばれていたが、幕末の頃には杉はなく、樹齢二百年以上経った立派な松並木となっていた。その南西は潟であった。その西奥には水田が広がっていた。潟は禁猟区になっていて、鶴や鴫《しぎ》、白鷺や朱鷺《とき》など水鳥の楽園となっていた。漁も禁止されていて、鯉、鮒、鯰、どじょうなどがいた（この潟は後に大濠公園となった）。

さらに西側の樋井川を渡った西新町は、享保五（一七二〇）年に五代藩主宣政が亡くなった後、直方藩から継高が入ってあとを継いだため、直方藩を閉じてその家臣団も一緒に福岡入りして住んだ町であった。それより前の慶長十五（一六一〇）年には生の松原が造成され、元和四（一六一八）年には百道《ももち》松原が整備され白砂清松の地となり、玄海の強風に耐える防風林となっていた。

城内の馬場見櫓の南側に百間半の長さを持った馬場があった。その馬場を中心に馬術の指南や馬に関係のある武士が住んでいた。また南部の警固《けご》谷から六本松には士分の屋敷があった。無足組や城代組の下級武士（百石以下）は、雁林町、小姓町、鉄砲町や、さらに南方の丘陵地帯に住んだ。丘陵地帯は四十八谷もあって浪人谷、馬屋谷、大鋸谷、井原ヶ谷、茶園谷、駿河谷、清助谷、地蔵谷、風切谷、厩谷、裏谷など山ひだごとに名がつけられていた。足軽などの微禄藩士は、城から離れた西側の地行《じぎょう》、鳥飼、西新、東側の春吉などに居住した。とくに地行と春吉は足軽の住宅街であった。

大名町の北側を東西に走る筋が当時のメインストリートだった。城から近い西から東へ簀子《すのこ》町、大工町、本町、呉服町、西名島町、東名島町と六つの町が続いていたので「六丁筋」といった。この六丁筋に商店が軒を並べており表通りであった。

那珂川河口西岸の須崎裏町から西へ船津町、材木町、東職人町、西職人町、浜の町、魚町、簀子町にかけてはきれいな砂浜が続いていた。

三太郎が少年だった天保の頃まで、春は家族連れの潮干狩りで賑わい、夏は子供たちにとって絶好の海水浴場だった。水はあくまで清く、秋から冬はハゼの釣り場でもあった。遠浅の海が続き、磯の香が漂っていた。

海沿いには明蓮寺、安国寺、少林寺、大長寺、長徳寺、徳栄寺、浄念寺などの寺が甍を並べていた。東西職人町には鑓《やり》師《し》、研《と》師《ぎ》、鞘《さや》師、象嵌《ぞうがん》師など刀剣職人が住み、藩の材木置場もあった。どの町も岡側は町家だったが、西職人町から浜の町にかけての浜側には上級家臣の浜屋敷があった。

加藤、隅田、浦上、吉田、野村、久野、矢野、郡、立花、三奈木黒田、大音ら大老、中老の浜屋敷が博多湾を望む海浜に建てられていた。加藤司書の浜屋敷は敷地約五百坪、二階建二十五坪の簡素なものであった。

静かな城下町もやがて様子が変わってくる。元治元（一八六四）年八月五日、下関戦争で英国軍艦の打ち出す大砲の音は、二日市まで聞こえたという。これにより海岸一帯には十四台の砲台が築かれた。なかでも那珂川河口左岸の須崎と荒津港の防波堤に築かれた砲台は最も大きく、海から攻めてくる敵を睨んでいたが、使われたことは一度もなかった。

筑前藩は天保五（一八三四）年、藩主が斉清から長溥へと代替わりする年、幕府の天保の改革に先立って財政改革に乗り出した。その改革は家老の久野外記《げき》を中心に、早良郡の眼医者・白水養禎《しろうずようてい》、大坂の蔵元奉行・花房伝左衛門らによって推進された。

なかでも白水養禎の提案した案が外記の目にとまり、妙案であるとして養禎は「御救《おすくい》奉行」となった。内容は、藩札を大量に発行して、それで藩内の海産物・農産物・殖産品を買い集め、長崎など領外で販売し金・銀貨の正貨を獲得する。また、藩札を家臣・領民に貸し付けて米で返済させ、その払い下げで藩札を回収する、というものであった。

また、従来の緊縮政策とは逆に、景気刺激型の積極政策で景気をあおった。雑草しか生えていなかった中洲が、あっという間に歓楽街となった。忽然と現れたこの遊興地区には、料理店、茶屋、芝居小屋、夜店などがずらりと並んだ。夏には相撲興行がかかり、秋には江戸歌舞伎の市川団十郎らが来福して「忠臣蔵」などが大当たりした。三太郎は家臣・浅野方左衛門に連れられて相撲興行を見た。

この改革は発想としては斬新であったが、藩札の下落や家臣が風流華奢《かしゃ》に走ったりして、やがて破綻し失敗に終わった。長溥はそれ以降、藩政を重臣任せにしておいてはダメだと藩主親政の決意を固めた。

また、天保七（一八三六）年の大洪水が追い打ちをかけ、外記は辞任。養禎は隠居を命じられ、意見書を出したが怒りにふれて、姫島に流されることとなる。

天保六年、三太郎にとって十一代藩主長溥のお国入りは驚愕の世界であった。華美で威容あふれる行列を初めて目のあたりにしたのである。

長溥は天保五（一八三四）年十一月に襲封し、翌年入国した。三月十四日に江戸を出立し、四月十九日に筑前に入った。長溥は世子の時代に二度筑前に来ているが、藩主としての入国は参勤交代のように列を整えてのお国入りであった。

この日、家臣一同は長溥の着城に先立って、千代箱崎の松原に出仕して出迎えた。参勤交代の際の松原出仕は恒例の行事で、家中諸士の序列や出仕領民の配列まで定められていた。崇福寺を前にして石堂口から馬出口まで、皆が並んで平伏、送迎するのを常とした。

三太郎もこのとき、中老嫡子の一人として列席した。長溥は二十五歳、三太郎六歳であった。後年、司書はこの十九歳違いの藩主とともに激動の幕末へ向かうこととなるのであるが、この日は長溥の顔を遠くからちらっと見たにすぎなかった。

三太郎は父・徳裕の厳しい躾《しつけ》をうけて育った。六歳にして書を読み、七歳で武を学んだ。

書については長尾正兵衛重威を師とし、習字、手習い、素読などを授かった。正兵衛は禄高二十三石六人扶持、無足組。軽格であったが学識に優れ、藩校修猷館に学んだあと吉留杏村《きょうそん》の高弟として名を馳せていた。

剣術師範で書家の杏村は、筑前藩では最も早く勤王思想に目覚めた人であった。天保三（一八三二）年、城武平が菊池武時の墓を修復し五百回忌の碑を建てたとき、「菊池寂阿公之墓」と大字を書いて贈っている。

その教えを受けた正兵衛は同門の魚住三郎八らとともに切磋琢磨し、中国南宋の忠臣・文天祥らの思想を研究した。文天祥の教えは藤田東湖、吉田松陰、月形洗蔵ら多くの人物に影響を与え、忠君愛国思想の基となった。

三太郎も長尾正兵衛に教えを受けなければ、凡庸なままで一生を終えていたであろう。正兵衛はそれほど三太郎少年の思想形成に影響を及ぼしている。以来、司書は生涯、勤王の道を歩むこととなったのである。

三太郎は毎朝、食事前に赤坂にある正兵衛の自宅に通って講義を受けた。まず、『大学』、『論語』、『孟子』などを音読し暗誦させられた。文意を探ることはなかった。これを素読という。暗誦できたのち初めて文意の講義を聴いた。朝食後も「四書五経」の書写など昼どきまで学んだ。

三太郎が十一代加藤家当主となったのは天保十一（一八四〇）年、十一歳のときである。義兄の十代徳蔵が三奈木黒田家に復籍したためであった。これにより司書は二千八百石を拝領した。

司書となった三太郎の運命はここから変わった。生活は依然として父母のもとで続けたが、中老として藩政に参画することとなった。父母も司書を中老にふさわしい人間にするため猛烈な教育を始めた。

父・徳裕は徹底して司書に儒教精神を叩き込み、早朝に水をかぶらせ剣術の訓練を義務づけた。父は常々、「人は身体が壮健でなくてはならぬ。精神の逞しさと根気の強さは天下の仕事をするのになくてはならないものだ。身体が弱ければ精神と根気は宿らない」と言った。

世情は文化・文政期の文化爛熟により頽廃の色が濃く、武士の若者たちは平和に慣れ親しみ、本来の目的を見失ってエネルギーをもてあましていた。一方では凶作により飢饉が続発した。幕府の体制が揺らぎ始め、若者たちの不満が積もってきた。幕府はこの若者たちの不満とエネルギーをそらすため剣術を奨励した。

司書も剣術の修練に熱中した。読み書きだけでは満たされないものがあったので、暇さえあれば木刀を振りまわした。長じるにしたがって昼間の道場の稽古だけではあきたらず、夜は家人が寝静まるのを待って家を抜け出し、半里離れた荒津山に登って剣の修練に没頭した。その激しい稽古はしばしば早朝まで及んだ。

この頃、司書は心の師であった臨済宗妙心寺派西光寺の住職・魯伯から、「生も死も超越するところに自ずと道は開ける」と剣心一致の話を聞いた。魯伯は元秋月藩士北原定蔵といい、思うところあって中年にして仏門に入った。尺八一朝軒の名手で、のちに司書切腹の日には夜をとおして尺八を吹き追悼した。

魯伯は司書に、剣術の奥義を極めるには、まず禅を始めよと勧めた。そこで司書は聖福寺に行って座禅を始めた。


三太郎が生まれ育った天保時代（一八三〇〜四四年）には三つの大きな事件が起きた。世にいう大塩平八郎の乱、蛮社の獄、阿片《アヘン》戦争である。

大塩平八郎の乱は、天保八（一八三七）年、支配層に属する大塩が民衆に呼びかけて暴動を指導したもので、封建社会の矛盾が噴出したものであった。救民を旗印としたこの乱は半日たらずで制圧されたが、当時の為政者や庶民に与えた影響は大きかった。

蛮社の獄は、天保十（一八三九）年に幕府が先覚者に加えた弾圧事件である。渡辺崋山《かざん》、高野長英《ちょうえい》、小関三英《さんえい》らの優れた学者が犠牲となった。三河国田原藩の家老で画家としても著名だった崋山は、この獄がもとで蟄居後に自殺。町医者の長英は終身禁固刑に処せられ、小伝馬町の牢につながれた。その後、弘化元（一八四四）年の火災で牢から逃れて各地に潜行した。途中、彼は自分の顔を焼いて変身したが、嘉永三（一八五〇）年、江戸に舞い戻ったところを捕吏に襲われ自殺した。また、岸和田藩医の三英も自殺するなど、この事件は西洋の学問に関心をもつ知識人に大きな衝撃を与えた。崋山は『慎機論』で、長英は『戊戌《ぼじゅつ》夢物語』で幕府の方針を批判し、当局者の無能を攻撃している。幕府は依然として鎖国を金科玉条とし、外国の事情に背を向けていた。

天保十一（一八四〇）年に勃発した清国と英国の阿片戦争は、こうした幕府に大きな警鐘を鳴らした。この頃の清国も封建社会を守るため鎖国政策をとっていた。ただ広州の一港のみ外国貿易を許していたが、英国商人による清国への阿片の搬入は止めても止まらなかった。天保八（一八三七）年、その量は四万箱、当時の価格で二五〇〇万ドルにも達した。清国としては、いかに厳罰をもって取り締まっても効果がなかった。たまりかねた林則徐《りんそくじょ》は翌九年、広東に赴き、英国商人がひそかに保管していた阿片二万二八三箱を焼き捨て、英国船の入港を禁止した。

阿片は麻薬であり毒物であるので、林則徐の強硬措置は当然であった。ところが、英国はこの事件を利用して清国に戦いを挑んだ。天保十一年、英国艦隊は広東を攻略、揚子江を遡上して南京に迫った。このため清国は和議を求め、天保十三年、南京条約を結んだ。その条約は十三カ条からなり、香港の割譲、賠償金の支払い、広州、厦門《アモイ》、上海など五港を貿易港として開かねばならなくなった。英国商人はこれら五港で自由に活動ができ、居住も自由となった。

これに便乗してアメリカとフランスも清国と条約を結んだが、これらは片務的、不平等な条約で治外法権の規定もあり、中国を半植民地化するものであった。阿片に関しては取り決めがなく依然として持ち込まれ、清国の国民は中毒で骨抜きにされてしまった。

阿片戦争が起こり清国が敗戦したという情報は、天保十一年にはオランダ船や清国船によって長崎奉行に伝えられ、直ちに幕府に報告された。幕府、諸侯、文化人全てがその敗戦に大きな衝撃を受けた。中国といえば過去千有余年にわたって、わが国の師であり、学術・思想の全てにおいて範と仰いだ隣の大国であった。その清国が敗れたのである。すでにインドは英国に屈伏していた。英国はそのインドで阿片を栽培していたのである。このような国際情勢はわが国の知識階級に大きな危機感を与え、この勢いはやがてわが国に及ぶであろうという不安が彼らの心をとらえた。

司書が阿片戦争のことを教えてもらったのは十六歳のとき、義兄・黒田播磨《はりま》からであった。播磨は人生の大半を筆頭家老として藩主長溥を補佐しているが、この間、長崎警護に当たっては責任者として十五回往復した。したがって、西洋の文物を見聞し国際情勢に通じていた。彼はその知識をもとに、単純な攘夷論は役に立たぬことを説いた。播磨の考えは、「外国の脅威からわが日本を守るためには、外国のよいところを学んで、国力を強めることである。貿易もしなければならないし、留学して色々なことを学ぶことである。外国人を嫌っていては逆に外国人に負けてしまう」というものであった。外国の実力も知らず、やみくもに追い払えばいいと主張する攘夷論が大勢を占めていた当時にあっては、極めて先進的な考え方であった。

播磨は人当たりが柔らかく、感情に動かされず常に冷静であった。しかも心の底にはテコでも動かぬ強い意思と自信を持ち、深い洞察力を備えていた。

当時、オランダ船は入港ごとに「風説書」を長崎奉行に提出するよう義務づけられていた。この風説書には、船員名簿や積荷の目録と、珍奇な品々についての説明や海外情報が記載されていた。厳封された風説書は出島のカピタン部屋でオランダ商館長、船長、幕府の長崎奉行、通詞らの立会いのもとで開封された。そして和訳され、長崎奉行所から江戸の老中宛に急送された。この報告は一部の幕府高官しか見ることはできなかったが、長崎警護の責任者はその大意を知ることができ、国際的認識を持つことができた。

義兄の播磨から阿片戦争や海外情勢を聞いたとき、司書は目からウロコが落ちた思いだった。「自分は若いときから剣を学んできたが、剣は一人の敵を相手にするにすぎない。志を大きく持たねば、この時代にあっては何もできないということを悟った」と後年、人に語っている。

この時期、尊王攘夷論は常識であった。しかし外国船を打ち払う、すなわち攘夷を行うのは到底できることではない。阿片戦争がそのことをはっきり証明している。にもかかわらず、世間の風潮は攘夷論が盛んであった。外国人は夷狄《いてき》であり、鳥や獣に等しく礼儀も知らない卑しい人間である、と思われていた。

もっとも攘夷論の理論的指導者たちは、外国勢の恐るべき強さを知っていた。知っていたからこそ、ここで腰くだけになってはならない、あくまで攘夷一点ばりで行くべきだと主張したのである。司書もそれまでは攘夷論者であった。それが変わったのは播磨に教えられてからである。司書はここで初めて世界の大勢に目ざめ、心の中に燃えるものを持った。

司書は嘉永二（一八四九）年、二十歳の春に妻帯した。親戚の一部にはまだ早いという声も聞かれたが、中老としての家を整えるためにも挙式を早めた。妻の安子は十六歳、初々しい幼い花嫁であった。安子の父は大組・七百石を食む建部孫左衛門、母は大塚三左衛門の娘。兄・建部武彦は後年、勤王の士として司書を補佐して活躍。司書が切腹した同じ日の慶応元（一八六五）年十月二十五日、安国寺で切腹した。

青年期の司書は何をしても常に卓越した能力を示した。いつの間にか若い藩士たちの尊敬と信頼を集めていた。万事に開けっ広げで、小さなことにこだわらなかった。身分の上下についても、いっこうに無頓着だった。このため司書邸は自然と勤王の志士の溜まり場となった。有田勝之進、船田半太夫、坂本甚之丞、神代勝兵衛、海津幸一、月形洗蔵、鷹取養巴、城武平、長尾正兵衛、伊丹三十郎、原田潤助、そして野村望東尼などであった。

嘉永六（一八五三）年、六月にアメリカのペリーが浦賀に、七月にロシアのプチャーチンが長崎に来航した。このとき司書は二十四歳。藩兵五百人を率いて長崎の警護に赴いた。

後にも述べるが、警護に当たってはロシアの要求に一歩も譲らず、水だけを与え、兵士の上陸は許さなかった。しかし司書はロシア艦隊の威容を目の当たりにして彼我の差を改めて痛感した。そのため帰国後、海に面している福岡城は弱点があるので、外敵に備えて犬鳴山に別館を築造するよう長溥に進言した。

外国艦隊の来航に驚愕した幕府は、大名のほか諸藩士、庶民に対し、「何か良い考えがあれば忌憚なく意見を建言せよ」と布告した。これに対し八百通もの建白書や上申書が寄せられたが、開国論を唱えたのは筑前、彦根、中津、柳川など数藩にすぎなかった。

黒田長溥は国際情勢を分析した司書の意見を聞き、「今や鎖国の維持は不可能である」と日本の立場を明確にした建白書を、嘉永六年七月十七日付で幕府に提出した。

勤王派と佐幕派の対立

慶応元（一八六五）年正月、福岡城内では連日、重臣間の激しい論争が続いた。三条実美《さねとみ》卿ら五卿の九州渡来は決定していたが、その処遇について藩論は帰するところを知らなかった。

保守派（佐幕派）重臣たちの主張は次のようなものであった。

三条ら七卿は文久三（一八六三）年八月十八日の政変で、孝明天皇の信任を失い朝敵と宣告され、官位も剝奪されて京を追放された人たちである。そして、翌元治元（一八六四）年七月、長州藩はこの七卿をいただいて朝廷に信を問うといって、武力をもって京に進攻した（禁門の変）。この行為には幕府も激怒している。そういうわけで、一行から離れた二卿を除いた五卿を迎えるに当たって、礼を尽くす必要はさらさらない。別の見方をすれば、長州藩は七卿を迎えたため、全ての禍いを招いたといえる。今、長州にあっては志士と称し飛び回る軽輩不逞の徒が多いと聞く。格式、礼節を無視して潜行し跳梁するさまは、許しがたい士風の頽廃である。長州の二の舞いにならないためにも、筑前藩としては早急に五卿を筑前、薩摩、肥後、佐賀、久留米の五藩に分居する案を優先して考えるべきである。一歩間違えば、わが藩の存続にも関係する問題である……。

対立した勤王派と佐幕派の議論は、二月五日過ぎになって一応の決着をみた。結局、藩主・黒田長溥の方針である「公武一和」を実現するには、他日のことをとやかく論ずべきときではない、との藩論を再確認し、五卿同寓の受託が確定したのであった。

そして、二月十二日の人事異動で勤王派が大量に進出した。家老に黒田播磨、大音《おおおと》因幡、矢野相模、そして加藤司書が登用された。

司書の職分は御財用方元締郡町受持という藩政の中枢を担うものであったが、これは藩内勤王派首領として、第一次長州征伐に際し、征長総督徳川義勝（前尾張総督）に軍の解兵を決断させた功績が認められての抜擢であった。そのときの司書の総督への弁論の主意は次の通りであった。

「今、国内で争うときではない。兵を動かせば多くの人命と国財を費やすことになる。長州藩では京を騒がせた過ちを自覚し、恭順・謹慎の意を表している由に聞く。このときに当たって何を好んで兵を動かすことがあろう。強いて討たんとすれば国内は乱れ、収拾がつかなくなることは必定である。総督におかれては、速やかにこの旨を幕府に上申していただきたい。時は極寒の十二月である。家郷を出て久しい兵士に家郷において越年させるよう切に建言する」

この言葉は、共に謁見していた西郷吉之助をも感激させたという。

当初、この司書の昇格人事については保守派の重臣から異論も出たが、播磨や相模らの再度の強い推挙で実現した。

大目付には保守派の梶原喜太夫、河村五太夫、槇長左衛門と並んで勤王派の斎藤五六郎が任命された。

小姓頭には熊沢三郎右衛門とともに衣非茂記が就任した。

さらに御用聞に建部武彦、勘定奉行に海津幸一、御用部屋に真藤登、中村到、小金丸兵次郎、喜多岡勇平が占め、町方詮議役に月形洗蔵が任命されるなど、それはまさに勤王派内閣と言っていい勢いであった。なかでも黒田播磨―加藤司書―建部武彦の姻戚関係による結びつきは強く、勤王派の中心軸となった。

誕生した勤王派内閣は三月四日、藩政改革を目指して「藩論基本の建議書」を提出するとともに、同月十二日には中老右筆所詰《ゆうひつしょ》を廃止した。右筆所は、中老が用人として出仕し藩主に進言する役目を果たしていたが、えてして雑音の根源ともなっていた。新内閣はこうした側近政治をなくすために廃止に踏み切った。

この廃止について長溥は、自分が志向していた藩主専制政治、親政政治と合致するので当初は喜んだ。しかし結果として藩主を孤立化させることとなった。

その後、藩政府の要職を手にした勤王派は、しばしば彼らの屋敷に集まって時勢や改革策について論じ合った。また自分たちの主張の実現を上層部に要求した。こうした動きは長溥の考えから逸脱するもので、これによって長溥と勤王派との関係は次第に溝が深まっていった。

保守派（因循派、佐幕派）は当然、勤王派の登用を喜ばなかった。彼らは「総引入」、「総退出願」を出して抵抗した。病気と称して自宅に引きこもり、辞職願を出して藩政の混乱を図ったのである。つまり、勤王派だけでやれるものならやってみよ、というわけであった。

こののち、五卿問題の再燃などで保守派の巻き返しが続き、せっかく誕生した勤王派内閣も長くは続かなかった。勤王派首領の司書は五月二十三日、先の三月提出の「藩論基本の建議書」を読んだ長溥の逆鱗に触れて家老職を辞職する。この内容については後述するが、五月から六月にかけて大老黒田播磨も病気を理由に出仕せず、家老大音因幡、矢野相模も相次いで辞職。期待された新内閣は、慶応元年二月から六月までの僅か四カ月にすぎない短命内閣となるのである。

さて、三条実美ら五卿が太宰府の延寿王院に入ったのは、慶応元（一八六五）年二月十三日である。以来五卿は、復位し上洛が許される慶応三年十二月までの二年十カ月間、この地で生活した。

五卿が太宰府入りした十三日は快晴であった。一行は途中、筥崎宮に拝し、筑紫路を南下した。道中は三条実美、三条西季知《すえとも》、壬生基修《みぶもとなが》の三人が輿に乗り、東久世通禧《みちとみ》、四条隆謌《たかうた》の二人は騎馬であった。

それぞれ烏帽子《えぼし》、直垂《ひたれ》で、道路の里民は跪《ひざまず》き低頭して迎え、雲上人の優美さに感嘆した。このときの五卿の家士と随者は四十一人で、いずれも京都や長州から従ってきた者たちである。

筑前藩でも五卿守衛のため、鉄砲大頭に馬杉《ますぎ》喜右衛門、目付に小田平之進、足軽頭に三隅喜太夫、佐藤貞平、応接掛に野村助作、林左兵衛、戸田平之進らを充て、このほか雑用係として月形洗蔵ら二十人を指名している。五卿の随者らは坊舎や民家に分散宿泊した。

こうして五卿とその随者らはやっと太宰府に腰を落ちつけた。延寿王院での生活は五卿同寓であった。三条は御成間と二の間、東久世通禧と四条隆謌は大広間の北側を屏風で仕切って同室、壬生基修と三条西季知は水屋に同室した。こうした不自由を忍んだのは、いつでも顔を合わせることができ、回天の志を確かめるためであった。

経済的には困らなかった。薩摩、肥後、佐賀、久留米、筑前の五藩がそれぞれ月に二百両を出し合ったからである。

しかし精神的には心穏やかな日は少なかった。筑前勤王派に勢いがあるときまではよかったが、凋落するに及んで扱いは次第に冷たくなっていった。筑前藩は初め「五卿」と呼んだが、勤王派絶滅の頃からは「五人衆」と言うようになり、のちには「五人の者ども」と呼んだ。藩として正式に五卿を慰問したのは、慶応元年四月、家老の矢野相模だけであった。藩はひたすら幕府に気がねし続けた。

そして、五卿に対する幕府の態度も厳しかった。慶応元年二月二十日、幕府から筑前藩庁に一通の命令書が届いたことから騒動が持ち上がった。

それは尾張征長総督の解兵措置ならびに九州への五卿移転に反対した幕府が、二月五日、江戸において老中牧野備前守の邸に筑前藩留守居を呼び出して相達した、五卿の「江戸召還令」であった。

また、これと前後して尾張総督からは「五卿五藩分離令」が届いた。尾張総督は幕府に対し一旦は措置済みと抵抗したが、度重なる幕府の要求に屈して出した書面であった。

この二つの命令書は明らかに矛盾したものであった。このため二月二十七日、折から上洛途上の西郷吉之助を迎え、五卿を警護している五藩で会議を開き、対策を協議した。

この結果、真意を質すため京都留守居役として上京する倉八権九郎に同伴して筑紫衛《まもる》と早川養敬《ようけい》らを上洛させることになった。このとき長州脱藩士赤根武人、久留米脱藩士淵上郁太郎の二人が同行を願い出たため、二人を伴って上京した。一行は三月六日福岡を出発、四月二日京都に到着したが、赤根と淵上の二人は京都に入る前の三月二十七日、大坂で幕吏に逮捕された。

赤根と淵上の二人は志士の書簡類を持っていて、逮捕によって密事が漏れることが懸念された。京都にいた西郷吉之助もこの報せを聞き、「両人が幕府の手に陥《お》ちたとなれば、これまでの密議は漏れるものと考え、別の計議をなさなければならない」と早川養敬に話した。当時、一部の志士の間で「薩長筑三藩連合出兵」が話し合われていたので、このことが幕府に漏れるのを恐れたのである。

筑前藩保守派の在京用人大音兵部も、幕府の嫌疑を恐れ、倉八ら一行を追い返した。五卿問題は、このあと薩摩の尽力で「当分の間、今まで通りとする」との幕府からの書簡で一応沈静化した。しかし、五卿問題は筑前藩にとって爆弾を抱えているのと同じで、後々まで尾を引き、勤王派の命とりとなった。

さて、慶応元（一八六五）年三月四日に勤王派内閣が提出した「藩論基本の建議書」

は、勤王派内閣の誕生で保守派との間に軋轢《あつれき》が生じたため、藩主の動揺を防ごうとして提出したものである。家老連署となっているが、加藤司書の手によるものであった。言葉づかいはきわめて丁寧だが、保守派と勤王派に挟まれ苦悩していた長溥に直諫《ちょっかん》して単刀直入である。当時の藩内の、特に勤王派の考え方がよく出ている。

その要旨は、

「時勢はいつのまにか乱世となりました。こういう時代だからこそ藩論を確立しなければなりません。国政の第一は人心の一和にあります。これは藩祖からの方針です。そのことをしっかりわきまえて、及ばずながら富国強兵の方向で補佐いたします……。

いずれの藩においても過激、正義、因循《いんじゅん》などの党派に分かれ中庸を失っています。主君の率いるところがどこにあるかによって一家中に党派が発生します。上下一致して過激、因循に偏らず、国論を一定することが肝要であります……。

保守派は、過激の者のみを引き立てているように誤解されておりますが、過激の中にも正義の者もいます。それらの者を利用して藩のために供すべきであります……。

時勢の変化に応じ皇国に尽くすためには、いつも幕府の機嫌ばかりを窺ってもおられません。公然と討幕とまでは言わないにしても、条理が立つのなら幕府に頓着することはないでしょう……。

わが筑前藩は九州枢要の国です。有事の節は一藩の独立をも考えるべきでしょう。このままでは何事もうまく運びません。富国強兵の実をあげるためにも、およそ割拠するくらいのお心でやっていただきたいのです……」

というものであった。

この建議書を読んだ長溥は色を失って激怒した。主君に対し、人をくったところが随所に見られたからである。それに内容があまりに説教調であり、強制的でもあった。

司書としては「過激を抑え、因循に流れず、時勢の向かうところをみて藩是を確立し、そして藩百年の大計を図っていただきたい」と言わんとしたものであったが、かえって意図するところとは逆の結果を生むことになった。

保守派重臣たちも、「臣子の分をわきまえない挙動である」、「国論を統一するどころか、かえって過激、操暴者を使って藩を危機に陥れるものである」、「主君を使って自己の説を果たそうとするもの」……と非難の声が巻き起こった。

また長溥は、「建議の趣旨は、しごくもっともなれば、とにかく汝らが心に任せる、よきように取り計らうべし。われら父子は元来、他家より来りしものなれば（長溥の養嗣子・長知は伊勢津藩主藤堂高猷《たかゆき》の三男）……」と捨て台詞を吐いた。

これを仄聞《そくぶん》した保守派重臣たちは、ここぞとばかりに長溥に勤王派粛清をけしかけた。主君の勘気《かんき》を被っては総辞職するほかなしと、家老たちは辞職を願い出たが許されなかった。

長溥は四月に入って、建議の是非を大目付四人に命じて審議させた。

大目付河村五太夫、槇長左衛門、梶原喜太夫の三人の答申は大同小異で、「家老総引入候ては、ご用向きに支障がある。建議公表は当分見合わせるべきである」と保守派側の意見であったが、ひとり斎藤五六郎だけは違っていた。

斎藤は「藩論の基本は発表すべし。建議の公表になんの不都合があろうか。わが筑前藩はとっくに国論統一されていると思っていたのに、反対されて家老中が恐れ入り総辞職とはどういうことか。これは国論対立そのものである。こうした藩情を五卿警備の他の四藩は何と思うか、福岡の恥辱である。建議を採用しないのなら殿は家老を免職にすべし。わが藩危急のときに建議するのは臣下の当然の務めである」と主張した。

それを聞いた長溥は五月十一日、勤王派の動静を目付に探索させた。

「藩論基本の公示」は中止になったが、問題はそれだけで収まらなかった。斎藤は六月に役を免ぜられて遠慮謹慎、八月には逼塞、十月二十五日に博多天福寺において切腹を命じられた。

少し遡ると、慶応元年二月の勤王派の藩政進出は、従来くすぶっていた保守派と勤王派の対立を決定的なものにした。保守派家臣団はほとんどが「総引入」、「総退出願」によって抵抗すると同時に、文書合戦に出た。幕府側の情報のみを藩主に伝え、それによって長溥の心中に、長州の二の舞としての「藩難到来」の不安を抱かせることを狙ったのである。

京都詰用人の大音兵部は、京にあって二条家の権臣・北小路治部権大輔、一橋家の用人渋沢成一郎や黒川嘉兵衛らと親交を結んでいて、長溥へ寄せる情報はきわめて幕府寄りの一方的なものであった。渋沢は大音への密書で、筑前藩の挙動は数々世評に上り、長溥への嫌疑も測り知れないと威圧するような内容を送っていた。

京都所司代を務める桑名藩主松平越中守から長溥への書簡も、いよいよ公武合体が強化され天下はこれによって動くだろうという強気一点張りのものであった。

政局の趨勢は、すでに江戸から京都に移っていた。京都の情勢をみてどう判断するか、朝廷をどう動かすかと情報の時代であった。薩摩藩でも慶応元年二月、大久保利通を上洛させ宮廷工作を開始している。近衛忠熙・忠房父子や関白二条斉敬を訪問し、活発な情報活動を行った。

筑前藩でも京都聞役を置き対応した。そういう点では大音の配置には意味があったが、薩摩の大久保らの活動と異なって、大音の場合は偏った情報であった。唯々諾々《いいだくだく》と幕府側の情報のみに終始した。筑前藩にとっての京都の情報源は、親戚関係にある二条、近衛、一橋家といった親幕府側のものが全てであった。まして大音兵部は自ら「因循派」と名乗るほどの保守派である。したがって藩庁に入ってくる情報は、幕府側に有利なものばかりであった。幕府の屋台骨が揺らいでいるといった報告は、何一つとして伝達されなかった。

長溥も次第にこうした情報に引きずり込まれていった。殊に筑前藩が長州藩と気脈を通じていて幕府が警戒している、というものがあった。この情報に長溥は大きなショックを受けた。やがてこれらの情報はエスカレートして「長州同気」から、長州再征後は

「筑前征伐」といった風評となり、長溥の心に深く根をおろした。長溥は、わが藩は決して「長州同気」ではないと幕府に示さなければならないと思った。

その頃、幕府は長州の再征に乗り出した。このときの幕閣は酒井忠績《ただしげ》、牧野忠恭《ただゆき》らであったが、第一次長征で長州があっさり降伏謝罪したことで天下制し易しと楽観した。そして朝廷から将軍の上洛を要求されたのを機会に、将軍家茂親征という形で長州再征に踏み切った。

もともと、一次長征の解兵は、西郷をも感激させた司書の総督徳川慶勝への進言によるが、その寛大な終戦条件に幕閣は不満であった。そこで長州藩主父子と三条実美ら五卿の江戸護送を命じた。この件は三月二日薩摩藩の朝廷工作で、江戸召致中止の朝廷沙汰書が所司代宛に発せられて、一旦は解決したかにみえた。

しかし幕府は高姿勢を続け、諸藩主に対し、長州藩主父子が江戸召致の命をあくまで拒むならば将軍自ら進発するので、それに従うための準備をせよと命じた。こうして第二次長州征伐は、いよいよ避けられない情勢となった。

慶応元（一八六五）年五月十六日、将軍家茂は江戸城を進発した。閏五月二十二日入京し、それから大坂城に移って長州処分の会議を開いた。しかし第二次征長について諸藩はきわめて傍観的で、ことごとくうまく運ばなかった。会議では、いま一度長州支藩主と家老を呼び寄せ尋問のうえ処置を決定する、という生ぬるい策にとどまった。

大坂城の家茂が長州征討の勅許を得たのは、同年九月二十一日の明け方であった。しかし、ただちに長州へ進軍することはなかった。実際に戦闘が始まったのは約一年後の慶応二年七月であった。これに関し薩摩藩は初めから、「長州再征は名義不分明の暴挙である」として反対した。そして、この間に月形洗蔵の働きかけもあり薩長同盟が成立した。

慶応元年閏五月八日、何も情報が入らない筑前藩主長溥は、勤王派である家老矢野相模に、第二次征長に対して藩としてはどう対応すべきと思うかと問うた。

相模はこれに対し、次のような建白書を提出した。

「このたびの征長には条理がありません。そのうえ、幕府は当方に人数揃えを命じてきましたが、家中の面々がはたして承知するでしょうか。昨年の場合も人気がなく、現場では当惑しました。今年の再征は、たとえ主命たりとも承知しないでしょう。強いて命ずれば脱走すらするでしょう。いや隊長を斬殺して出動できぬようになるでしょう。もっとも少数ならばなんとかなりますが、数百人ともなれば手の施しようもありません。ついては、そうならないよう薩州と連合し建白してください。ただし薩州は条理なければ出兵しない由です。よくよく談合お願いします」

と、君命拒否的な言辞で、主君をないがしろにした建白であった。

長州藩の藩主毛利慶親はこのような建白があった場合、「うむ、それではそうせい、そうせい」と言ったので、世間では「そうせい公」と言われたが、筑前藩では到底考えられないことであったし、これを読んだ長溥は、一方的な情報しか入っていなかったこともあり、事ここに至っては勤王派と決別せざるを得ないと思った。

犬鳴山別館築造事件

筑前糟屋郡と鞍手郡の境に、犬鳴という名の山がある。
あるとき、猟師が犬を連れて猟をしていた。犬が激しく鳴き続けるので獲物が捕れぬといらだち、この犬を鉄砲で撃って殺してしまった。そしてふと上を見ると、一丈五尺（約五メートル）はあろうかという大蛇が現れた。犬が鳴いて危険を知らせたのに誤って撃ったことを猟師は後悔した。逃げ帰った猟師は鉄砲を捨てて僧侶になり、この山に犬の供養塔を建てた。それからこの山を犬鳴山というようになった、という言い伝えがある。

その後、江戸時代になって、この犬鳴山地区は周囲の豊富な山林資源と谷の水源を利用して発展した。江戸時代初めには木炭、紙漉き、高取焼の系譜を持つ犬鳴焼の製造が行われた。特に木炭は犬鳴の主要産物で、筑前藩は炭焼所に役人を置いて管理させ、年間一万四千俵が福岡城下に運ばれた。

司書はここに安政元（一八五四）年、石見国津和野から職人を雇い入れ、精錬所を設けて「犬鳴鉄」といわれる銑鉄を作った。砂鉄を木炭の熱で溶かしたのである。砂鉄は福間と津屋崎にかけての海岸から取り寄せた。

また犬鳴谷では、それまで藩営で広く行っていた朝鮮人参の栽培を始めた。人参奉行となった司書が、この幽邃《ゆうすい》の地を適地と判断したのである。これは、藩を通じて幕府に献上された。


折りしも、嘉永六（一八五三）年六月三日、アメリカのペリー率いる東インド艦隊四隻が浦賀に来航し、大統領フィルモアの親書の受理を求めた。

翌六月四日、ペリー来航の報せが江戸へもたらされた。早速、幕閣が集まり、警備のため川越・忍《おし》・会津・彦根の四藩に大目付が出動を命じた。さらにこれだけでは不足として、佐倉・館山・勝山の三藩にも出兵を命じた。翌五日、大藩の薩摩・肥後・長州にも追加して出動させた。ここにおいて老中阿部正弘はようやくにして、重病の床にあっ

た将軍徳川家慶に報告し、指示を求めた。家慶は、

「国家の大事なるぞ。水戸藩の徳川斉昭公によく相談せよ。処理を誤るなかれ」

と言った。

しかし、正弘は斉昭に相談する前に意を決して、江戸在府の浦賀奉行井戸弘道に対し、

「国法破り難しといえども、親書を拒んで戦端をひらくは一大事である。まげて親書を受けて、一旦アメリカ艦を退去せしめた上で、後途を策するより他はない」

と言った。

そして同日、阿部は斉昭を訪ね、将軍の意向を伝えた。攘夷思想の塊であった斉昭は、将軍が自分を頼りにしているという言葉を伝え聞き、喜んで言った。

「よいか、交渉すると見せかけて白刃一閃《はくじんいっせん》敵将の首をとり、乱入して船も人も奪い取ろうではないか。さすれば難問一挙に解決し、軍艦四隻も手に入る。一挙両得とはこのことだ。阿部伊勢守、これでいこうぞ」

さすが攘夷論信奉者、その首領としての面目躍如たるものがある。正弘は慌てて制止した。

「されど、幕閣においては昨夜、アメリカ大統領の親書を一旦受け取ると決め、今朝早

く使者を遣い、すでにアメリカ艦において、その旨申し伝えている頃であります。白刃一閃などとんでもございません」

すでに阿部は浦賀奉行井戸弘道に対して、浦賀に赴き浦賀在の奉行戸田氏栄《うじよし》と協議のうえ、アメリカの親書を受け取るべしと命じていた。

六月九日、旗艦サスケハナ号にて井戸弘道はペリー提督から親書を受け取った。次いで、筆頭与力香山栄左衛門は請書《うけがき》を還した。請書には、「大統領書簡は日本国法を曲げて当地において正に受領仕候。書類受領致候の上は早々に御出発相願度候」とあった。

この「早々に御出発……」がペリーの逆鱗に触れた。すぐに退出せよとは何事か。野蛮人どもの鼻っ柱を叩き折ってくれんと激怒した。

六月十日夕刻、アメリカ艦四隻は抜錨《ばつびょう》して帰国すると見せかけ、予告なしに江戸湾周辺を威嚇するように巡航。さらに日暮れには大砲をぶっ放した。これは空砲で、時報であったといわれている。そして十二日に一旦浦賀に戻ったあと、来年の四月ないし五月に全艦隊を率いて江戸に来航するので、そのとき和親条約を結びたい、と予告したあと帰国の途についた。

六月二十二日、将軍徳川家慶は死に際に、

「今後の政治は、徳川斉昭と阿部正弘に委ねる」

と遺言した。

幕府は、アメリカへの返答書の作成について、各大名に諮問した。

水戸・徳川斉昭、長州藩主・毛利慶親《よしちか》、越前藩主・松平慶永《よしなが》ら攘夷派は、条約締結に反対した。薩摩藩主・島津斉彬、宇和島藩主・伊達宗城《むねなり》、中津藩主・奥平昌高、筑前藩主・黒田長溥、柳川藩主・立花鑑寛《あきとも》らは開国を提案した。


一方、ペリー来航の一カ月半後の七月十八日、ロシアのプチャーチン率いるロシア軍艦四隻が、長崎に来航した。この報せが早馬にて長崎警護担当の筑前藩江戸藩邸に達するや、藩主長溥は御前会議を開き、中老加藤司書を派遣することに決した。率いる兵は五百である。

長崎ではロシア艦の艦長と筑前藩陣屋詰所にて談合した。加藤司書は問うた。

「何故に、予告もなしに我が国、長崎に入港せしや」

「南洋より帰航の途次、水、炭に窮し、やむなく入港した。なにとぞ寛大に支給願う次第である」

「いやしくも我が王土、一木一草たりとも外国人に与えざるものなり。されど窮鳥《きゅうちょう》懐《ふところ》に入れば猟師もこれを討たず。国法を曲げて拙者司書の一存をもって承る。しかれども、船の燃料たる石炭は我が王土にはない。他に着いて求められん」

艦長は感謝の言葉とともに、

「貴国は鎖国主義にて他国との交易を許さざる由。彼のなきを知り、我の彼に与える交易こそ、国富を増すもとなり。開国と交易を、然るべき者に伝達されたし」

と言った。

「早馬にても、江戸から回答を得んと欲すれば、十日、二十日をも要する。貴公の意のあるところは、藩主にこれを伝達する。さすれば、やがて将軍にも伝えられるであろう。たとえ水を与えるも、貴艦の兵士は一歩たりとも長崎上陸は許さじ」

加藤司書は毅然として答えた。

プチャーチンは長崎奉行大沢安宅に親書を渡し、十一月二十三日、幕吏が到着する前に長崎を離れた。実は、クリミヤ戦争に参戦したイギリス軍が、極東のロシア軍を攻撃するため艦隊を差し向けたという情報が入ったからであった。再度長崎に来たのはすぐ後の十二月五日である。

世の中はこういう状況であったので、いつ何時筑前藩もこの洗礼を浴びるやも知れないと司書は思った。博多湾に近い福岡城は、彼らに襲われたらひとたまりもない。一朝事あれば藩主以下の避難を要する。司書は犬鳴山地区の要害なることに着目し、ここに別館を急造することを計画した。

敷地は犬鳴谷村庄屋・篠崎文内の所有するものを買い取った。

別館の規模は、間取およそ二十五間、入口西南二カ所、馬屋二十頭分、瓦およそ四万枚、木留淵、丸山鼻など五カ所に御門があった。周囲に石垣を構築し、三カ所に番所を設置、人参谷に火薬庫を設けた。

工事は極秘に行われた。「一国一城令」も、また勝手な築城・修理を禁じた「武家諸法度」もまだ生きていた。この別館は城ではないが、幕府からあらぬ嫌疑を受けることは避けなければならないと思ったからである。筑前藩ではかつて、せっかく築造した大隈・鷹取・左右良《までら》・黒崎・若松・小石原の六支城を破却したことがあったのである。

ところが、意外なことが起こった。

司書は犬鳴別館築造工事にあたって、幕府にこのことが洩れないようにするため、また工事を急ぐために、大工、左官らを閉じ込め外に出さないようにした。その代わり手間賃は倍額であった。ところが大工の一人に柳町の女郎に惚れていたのがいて、ある夜ひそかに犬鳴の工事現場を抜け出して忍んで柳町へ行き、女に会った。女から「なぜ長い間来なかったのか」と言われて、実はこれこれと犬鳴別館の秘密の工事のことをしゃべった。この女には、ほかに目明しをしている情夫がいて、犬鳴の一件がそちらに伝わった。大工左官たちを閉じ込めておくのは、司書が秘密の工事をやって殿様を押し込めるばかりでなく、五十二万石を乗っ取ろうとしている……と話がどんどん大きくなっていった。

この殿様を押し込めて五十二万石を乗っ取るという風聞には、さすがに長溥も激怒した。司書は閉門を仰せ付けられ、「……上を恐れざる所業多く、藩の体裁にも相懸りて不届千万である……」ということで切腹を命じられた。

先の「藩論基本の建議書」と併せてこの「犬鳴押し込め事件」が、筑前藩を凄惨な勤王派大粛清「乙丑の獄」へと向かわせたのであった。

根を切り枝葉を枯らせ

藩主黒田長溥は、慶応元年（一八六五年、干支は乙丑《いっちゅう》）五月十一日、加藤司書ら勤王派の動静調査を目付に命じた。

翌十二日、保守派の浦上数馬ら中老十二人の動きは早かった。彼らはここぞとばかりに勤王派を排斥する内訴状を認《したた》め、連署して長溥に提出した。彼らの目的は勤王派の根絶やしであった。「勤王派を抹殺するには、是非根を切り枝葉を枯らさなければならない。それによって他日の復讐と再出芽の患《うれ》いを絶てるからである」というのが彼らの思いであった。

勤王派と佐幕派（保守派、因循派）の政権抗争はどこの藩でも熾烈だった。水戸藩、長州藩、土佐藩などの例を見るまでもなく、相手を倒さなければこちらが食われるとあって、血で血を洗う抗争が繰り広げられていた。

また、同月十五日、目付・三宅孫作、同・長澤卓兵衛、同・時枝中、側筒頭・澄川春吉郎、同・魚住大吉らは、勤王派の動静探索の結果を上申した。

中老たちに急かされ、長溥の決断は早かった。五月二十三日に加藤司書を罷免し、六月二十五日に筑紫衛《つくしまもる》を一族預《あずけ》とした。

その後も、勤王派に対する処分は、七月十三日から八月十三日にかけて矢継ぎ早に行われ、一カ月の間に六回にわたった。

七月十三日

・自宅において一間に幽閉、親族監護

衣非　茂記　　建部　武彦　　斎藤五六郎

・入獄

月形　洗蔵　　海津　幸一　　鷹取　養巴

伊丹真一郎　　江上栄之進　　今中祐十郎

今中作兵衛　　安田喜八郎　　中村　哲蔵

・召込

讃井　嘉助　友納軍次郎　広渡　太助
大神　三三　松本弥八郎　吉田栄五郎

七月二十一日
・遠慮一族預

加藤　司書　竹田安之進　戸川左五左衛門
神代勝兵衛　戸田平之丞　池田作左衛門
山内　俊郎　頭山惣次郎　岩永仁左衛門
長尾正兵衛　筒井勝兵衛　小金丸兵次郎
西川　繁　岡田　稔　林　泰
浅香　一策　江上　舎衛　中村四郎兵衛
魚住　楽処　桑野　佐内　有田　漸
古川　亨　若松　二郎　長谷川範蔵
中村　到　四宮孫次郎　福本　泰平

戸次彦之助

・放役

永島直之丞　高田　卯八　矢野太左衛門

中上　源八

七月晦日

・遠慮一族預

尾上　総助　森　勤作　尾崎惣左衛門

桑野半兵衛　鎌田大太夫　伊藤清兵衛

河合新八郎　毛利甚之丞

八月九日

・遠慮一族預

中上　源八　小田部与四郎

八月十一日
・遠慮一族預
　　黒田　暁心

八月十三日
・遠慮一族預
　　矢野　梅庵

九月に入ると思わぬ事態が起こった。六月二十五日から一族預になっていた筑紫衛は、九月六日に枡木屋の牢所に呼び出され、詮議掛の近藤丈右衛門らの口上を聞いた。

「身の行い正しからず、国体にもとる」というのが審問の内容だった。抽象的で、具体的なものは何ひとつなかった。いかにそれが愚にもつかない言いがかりであるとしても、藩主の名を借りた口上とあっては黙るほかはない。衛は、それをはね返すには脱牢して薩摩に頼るほかはないと思った。

衛は死んだ気になれば何でもできると思い、近藤らの取り調べの合間に厠に行き、厠の床をくぐり降り、糞尿の汲み出し口から屋敷の外に出た。衣類はそこに捨て、真っ裸で那珂川に飛び込んだ。しかし、その後が問題だった。

裸では道中もできず鰮町《いわしまち》洲口の水中に身を沈めて、途中の舟に乗せてくれと頼んだが、丸裸、総髪、へこ姿の怪しさに舟頭は恐れをなし逃げていった。また、旧暦九月の水は冷たかった。それに七十日以上の監禁生活で、手足も思うように自由がきかなくなっていた。

彼は、ついに溺死した。死体は三日後の九月九日、箱崎の地蔵松原浜で発見された。葬儀はされず塩詰めにして保存された。この時点では本処分がまだ決まっていなかったからである。

藩庁はこの塩詰めにした死体を、本処分の判決申し渡しが下った十月二十三日、月形洗蔵らの処刑とともに改めて打ち首にした。

この筑紫衛の脱走事件は藩庁を驚かせ、結果的に勤王派の本処分を早めさせることとなった。

長溥は筑紫の脱走を聞いて激昂した。そして九月八日付で「表に勤王正義を唱え裏に私曲を企て、主命に悖《もと》り他藩に内通せしは、国典を犯す甚だしきものにして、その罪軽からず。本月二十七日までに処分を決めよ」と中老たちに伝えた。九月二十七日と期限を切って急がせたのは、処置を早急に幕府に届けるためで、「長州同気」と見られるのを恐れていたからである。

しかし処分案をまとめるのに時間がかかり、最終的な処分案が出たのは十月九日であった。中老たちは各人に刑名をつけ、その案を家老へ下問し、長溥へ上申した。

刑名は切腹、斬罪、流罪、宅牢、遠慮、放役、預り、押隠といったもので、想像以上に厳しいものであった。ここにも、保守派による「勤王派の根を切り枝葉を枯らす」という処罰の基本方針が貫かれていた。

そして突然、十月二十三日と二十五、二十六日の三日間にわたって勤王派を処断した。二十四日が一日とんでいるのは、この日が前藩主・斉清の忌日だったからである。

十月二十三日

・斬罪

斬首刑の場合、受刑者を座らせ、刀を振りおろして首を前の「血溜」といわれる穴に落とした。血溜の底にはムシロが敷いてある。その上に切り落とした首は転がり、あたりは頸動脈から噴出した血で真っ赤に染まった。

月形　洗蔵（三十八歳）
海津　幸一（六十二歳）
鷹取　養巴（三十九歳）
伊藤清兵衛（三十五歳）
森　　勤作（三十五歳）
伊丹真一郎（三十三歳）

伊丹は、喜多岡勇平暗殺黙秘により、最極刑の大袈裟斬に処せられている。

斬罪の場合は、裁断箇所によって難易の差が出てくる。当然、骨の多いところと少ないところでは切れ味が違う。斬り方で払い胴、吊し胴、大袈裟などと呼んだが、大袈裟は右肩から左脇下へ斬りさげた。手練の者でないと勤まらなかった。

江上栄之進（三十二歳）
今中祐十郎（三十一歳）

今中作兵衛（二十九歳）
安田喜八郎（三十一歳）
中村　哲蔵（三十一歳）
佐座健三郎（二十六歳）
瀬口三兵衛（二十九歳）
大神　壱岐（三十二歳）
筑紫　衛（三十歳）
　脱走溺死、塩詰死骸を斬首
・称号一字取上、下屋敷に慎み
　黒田　暁心（播磨）
・下屋敷に牢居
　矢野　梅庵（相模）
・隠居、徘徊・諸人応対差留
　吉田　主馬
・拝知之内預、御目通遠慮

竹田安之進
他二人
・押而隠居、徘徊・応接・交通差留
戸川佐五左衛門
他一人
・給禄之内預、御目通遠慮
神代勝兵衛
他五人
・宅牢
江上　弥門
他三人
・流罪牢居
玄界
山内　俊郎
他三人

大島
　伊熊茂次郎
　他三人
姫島
　三坂小兵衛
　他二人
小呂島
　真藤　善八
　他三人
・押而隠居、一族宅へ牢居
　河合新八郎
・召籠差免
　鎌田八太夫
　他九人
・示之免、放役

頭山壮次郎
他十九人

十月二十五日
・切腹
加藤　司書（三十六歳）
斎藤五六郎（三十七歳）
衣非　茂記（三十五歳）
建部　武彦（四十六歳）

江戸時代には武士に対する死刑として切腹、斬罪の二種類があった。切腹は上から死を命ぜられる「賜死」というかたちで行われることが多かったが、死に方からすれば決してよい方法とは言えなかった。腹に刀を突き立てたところで簡単には死ねないからである。頸動脈や心臓を突いたほうが明らかに楽に死ぬことができる。死ににくい腹を切ったのは、その苦痛に臆しないという勇気を誇示するためであった。

いずれにしても、切腹は武士たる者の本分であり特典であった。

江戸時代の中頃から、切腹は礼法上の制度となった。武士が罪を償い、過ちを謝し、自己の誠実を証明する方法であった。そして荘重な儀式をもって執り行われた。それが次第に形式的なものになっていった。切腹を仰せつかった者が、三方に乗せられた短刀を手にした瞬間、後ろに立った介錯人が首をはねた。そのうち、本物の短刀さえ使われなくなり、木刀を三方に乗せて出すようになった。実質は斬首刑と同じである。普通、切腹というと、九寸五分を左腹部に突き立て右へ引き回したところで介錯人が首を打ち落とすことになっているが、元禄以降は腹を切る前に刀を振るうのが定法となった。なるべく苦しい思いをさせないということが武士の情けとされたのである。

しかし中には、慶応四年二月にフランス海軍兵士殺傷（堺事件）の罪を負って、土佐藩六番隊の箕浦猪之吉らがフランス兵らの面前で腹を十文字に切って、自分の臓器をつかみ出して投げつけた例もある。

加藤司書の切腹の場所は、天福寺の本堂の前の庭であった。四方を塀に囲まれた庭には二つの掘立仮屋が設けられていた。ここではもう一人、斎藤五六郎の切腹執行が予定されていたのである。庭には二十個もの提灯が掲げられ、深夜というのに真昼のような明るさであった。それぞれの掘立仮屋は、本堂に面した所を除き三方を白い幕で囲んであった。一方が空いているのは検死検分のためである。仮屋の中には畳二枚が敷かれて、その中央に四角の白木綿が敷いてあった。

司書が天福寺へ入って、かなりの時が流れた。司書は端然と瞑想している。やがて静かに立ち上がって本堂から前庭へ降りた。司書の服装は白綸子《りんず》の下着に花色緞子《どんす》の上着、無紋の裃《かみしも》であった。

仮屋に入った司書は、背筋を真っ直ぐに伸ばして、二枚の畳の中央に敷かれた白木綿の上にあぐら組みに座った。一礼した司書は裃の肩衣をはずし、三方の上の木刀を押しいただいて元にもどした。このあと傍らの介錯人に「よろしいときは、よろしいと言う」と言って筆をとり、辞世の歌を認《したた》めて、それを朗吟した。

君がため尽くす赤心《まごころ》今よりは
尚いやまさる武士の一念

下の句の「武士の一念」はひときわ声高であった。朗吟のあと、司書は丹田に力を込め「よろしい」と最後の言葉を介錯人にかけ、首を前に伸ばした。介錯人への配慮である。

たすきをした介錯人は、その声を聞いて大上段にかざした刀を打ち下ろした。司書の身体は、白足袋をはいた両足を前に、体は仰向けに後方に倒れた。鮮血がほとばしり白い幕に飛び散った。

処刑執行後、天福寺の門外で控えていた司書の関係者が寺内に呼び込まれた。死骸の下げ渡しと取り片付けのためである。十人の親戚や家臣は血に染まり悲惨な姿になった主人を見て、亡骸《なきがら》にすがって泣いた。やがて家臣らは流れる涙をぬぐいもせず気をとり直して、首と体に分かれた亡骸を一つにまとめ大瓶《おおがめ》に入れた。そして長棒駕籠に乗せて菩提寺節信院《せつしんいん》へ運び埋葬した。

戒名は「見性院殿悟道宗心居士」である。

乙丑の獄ではほとんどの者が、はっきりした理由もなく処断された。司書が死んだあと、多くの人々は「喬木《きょうぼく》風に折れる。惜しい人物を殺した」と嘆いた。反対派の中にも「あれほどの人物をなぜ死に追いやったのか」とささやく人々がいた。しかし誰がどのように言おうとも、司書は再び生きて帰らなかった。

十月二十六日

・切腹

尾崎惣左衛門（五十四歳）

万代十兵衛（三十二歳）

森　安平（三十八歳）

・流罪牢居

姫島

野村望東尼

・徘徊、諸人応対、文通等禁止

伊丹　重遠

他一人

・押而隠居、諸人対応、徘徊禁止

伊丹　左門

他二人

過酷な処分であった。あまりといえば、あまりであった。人々は声を失った。皆々、国のため藩のために尽くすということに勤王派も保守派も同じであったのにと思っても、ひそかに話すこともはばかられた。

十月二十九日の早朝、主だった藩士に登城のお触れが出た。大広間に集まった藩士を前に、家老の櫛橋内膳が口を開いた。

「お集まり願ったのはほかでもない。先に過激の徒に切腹、斬罪、流罪を申し渡した。藩内がまとまって、しっかりしていかなければならないときに、奸徒《かんと》らは計略をめぐらし人心を惑わした。このためやむを得ず厳科に処したものである。このような処置をしたのは人心一和のためである。いろんな説に惑わされることなく誠忠を尽くされたい。もし今後も我意《がい》を唱える者あれば容赦なくお咎めがあるので、そのように心得られよ」

というものであった。

そして、「これから殿のご趣意をお伝えする」と言って文書を読み上げた。藩主長溥と世子長知も出座。藩士たちは畳に手をつき、聞き入っていた。

「……不憫とは存じたれども、やむを得ず厳科申しつけた。さりながら、あい済みたることは致し方なし……」

家老櫛橋も感極まったのか、その言葉は途切れ途切れであったが、聞いている者にはただ虚しく響いた。

残忍な処分は藩内に強い衝撃を与えた。参列した藩士の多くは勤王派に対して反感を持っていたが、今回藩庁がとった行為には言いようのない狂気すら感じ、神仏をも恐れない非道なものと思った。

やがて閉会となり、藩士たちは力なく腰を上げ外へ出ると、左右に分かれ無言で歩いていった。以来、誰もが貝になった。政道に対し少しでも批判の態度を示せば、加藤司書や月形洗蔵らと同じ運命に陥れられることは間違いなかった。

藩主長溥は吉田大炊を江戸へ遣わし、幕府に対し「筑前藩は長州同気ではない」と言上させ、乙丑の獄でとった処置を報告した。

長崎・イカルス号事件

慶応三（一八六七）年七月六日の夜、その事件は起きた。場所は長崎の遊郭そばの寄合町の通りであった。それは七夕の前夜で、長崎では恒例行事の「星祭り」が催される。筑前藩の留学生八人と金子才吉は、夕涼みがてら星祭りの見物に出かけた。寄合町を通りかかったところ、その道路に外国人が二人、泥酔して寝転んでいた。

留学生たちがそれを見ながら通りすぎると、しばらくして後方で、「無礼者！」という大声と同時に、「ギャッ！」という悲鳴が聞こえ、続けて「ウオー！」という叫び声が起きた。

学生一行がびっくりして駆け戻ってみると、外国人は二人とも斬られ、すでに絶命しており、そばに金子が血刀を持って茫然と立っていた。

学生たちはこの突然の出来事にあっけに取られた。彼らは皆、二十歳前後の青年であったが、金子は四十二歳の壮年で、しかも和漢の学に蘭学を修めた学者であり、天文、測量、航海の技術者であった。温厚な壮年の秀才であり、狂信的な攘夷派などとは全く縁がなかったので、学生たちは事の意外さにとまどった。

このことによって、筑前藩はまた厄介なお荷物を抱え込むこととなった。金子才吉が斬殺したのは、イギリスの軍艦「イカルス号」の水兵ロベルト・フォード（二十八歳）とジョン・ホッチングス（三十三歳）の二人であった。傷は、いずれも肩から脇にかけての大袈裟斬りで、一太刀で切り下げられていた。大袈裟斬りはかなりの手練の者しかできない。

この事件の真相は筑前藩の一部の者が知っているだけであったので、藩では厳重に口止めをして、イギリス側が「下手人を出せ」といきり立ち幕府が困惑するのを息を潜めて見守っていた。真相がわかれば大変なことになるのは目に見えていたからである。金子は筑前屋敷に監禁されているうちに自殺してしまったので、動機などはわからないが、外国人の無礼な行為に対する発作的な犯行であったと思われる。その頃、金子は精神が不安定でノイローゼの状態であった。

金子の遺骸は屋敷の根板を剥がして作った棺桶に納め、ひそかに藩船で福岡へ送り、茶園谷（六本松）の長栄寺に運んだ。

一方、イギリス公使パークスの厳しい抗議を受けた幕府はあわてて事件の究明に取りかかったが、真犯人を知っている筑前藩は貝のように沈黙を守っていたので、見当違いの筋を追っていた。

まず嫌疑をかけられたのは土佐藩であった。事件当夜、現場に近い丸山の「花月楼」で土佐の海援隊の連中が飲んで騒いでいたこと、その夜に長崎港から土佐の「横笛丸」、「南海丸」が急に出帆していること。こうした事実から、土佐の連中が事件を起こし、犯人を逃がすために土佐の船が長崎から出て行った、という推理ができた。海援隊は諸国の乱暴者の集団だから外国人の殺人ぐらいはやりかねないと見られたのであった。幕府もイギリス側もそう信じ、土佐藩も「あるいは、わが藩の者がやったのではないか」と思っていた。しかし実際やっていないので解明できるはずがない。海援隊の責任者である坂本龍馬も、この件ではずいぶん心配して奔走した。

パークスはいちはやく長崎に乗り込み、長崎奉行の徳永石見守に厳しいことを言った。奉行が「目下、犯人を追及しているのだが、どうしてもわからない」と率直に答える

と、パークスは、

「貴公は離れ小島の奉行ならいざ知らず、外国との交渉も盛んな長崎の奉行として、このような大事件を未だに解明できないというのは怠慢か、それとも軽視しておられるのか」

と言い、

「実は先年、中国在勤中にイギリス人殺害事件が起きたが、中国側に任せておいては埒《らち》が明かないので、その地を五年間イギリスで預かった」

と脅し、

「外国人をたわむれに殺害したことを奉行所が知っていて知らぬ顔をしているのなら、そういうことを黙って見過ごす私ではないぞ」

と言った。恫喝外交はパークスの最も得意とするところであった。

長崎事件の犯人は土佐藩士ではないかという嫌疑が濃厚になると、パークスは直接土佐に乗り込んで居丈高な態度で詰問した。土佐側は「確たる証拠もないのに何を言うか」と憤慨したが、状況は不利であった。反論するにしても、もうひとつ迫力がない。しかし結論は出ない。もともと犯人は土佐藩士ではないのだから、結論が出るはずがない。それでも土佐は行きがかり上、今後も真相の究明に努力することを約束して、やっとパークスにお引き取りを願った。

慶応三年という年は、幕府の存立が危ぶまれるような情勢が急激に醸成されていた。十月に入ると将軍・徳川慶喜が大政を奉還した。もう長崎の殺人事件などに関わっている暇はなくなったのである。パークスにしても日本の国家が激変の様相を見せてきたのだから、イギリス公使としてそのことに最大の関心を抱かざるを得ない。水兵殺しは一応、棚上げの状態になった。

しかし決して、うやむやのうちに見逃されてしまったわけではなかった。イギリス側の態度は、幕府から明治新政府に変わっても堅持された。パークスはこの事件を早速、新政府に対しても責めたてた。

慶応四年（九月に正月に遡り「明治」と改元）正月十一日、神戸でフランスの水兵が一人射殺された。備前藩士の隊列を横切ったことに端を発し、銃撃戦となったものである（神戸事件）。

また、この年二月十五日には、前に述べたように堺で土佐藩兵とフランスの水兵が争って、フランス兵十一人が殺されている（堺事件）。

パークス自身も二月に京都で襲撃されたが、護衛についていた土佐の後藤象二郎が犯人の一人を斬り倒して、危うく難を免れている。

神戸事件、堺事件、パークス襲撃事件はいずれも犯人がわかっており、厳重に処罰された。

犯人の切腹の現場には外国の使臣も立ち会っているが、イギリス公使館の書記官アーネスト・サトウもその一人であった。「ジャパン・タイムス」が、そのことについてサトウの行動を非難し、「キリスト教徒が死刑執行に立ち会ったのは、けしからん」と書いたので、サトウは憤慨して「切腹は極めて厳粛な礼儀正しい儀式であって、イギリス人が公衆の面前で娯楽のために行う処刑とは違う」と反論した。

一方、この長崎事件は、処刑どころか犯人の見当もついていない。慶応四年六月になると、パークスは新政府の太政官に対して「長崎の殺人事件は不問に付しているわけではない。捜査を続けて真相を解明してもらいたい」と申し入れた。

太政官では早速、外国官判事の大隈重信を担当に任命して調査を開始した。大隈は事件を徹底的に調査するためには現地を調べるべきであると言って長崎に出かけた。その頃も土佐藩士犯人説は消えたわけではなかった。当時、太政官の議定であった土佐藩主山内容堂は長崎に出発する大隈を招いて、「わしは、かねて、この事件について土佐藩に疑いがかかっていることを心苦しく思っている。もしわが藩士が下手人であったならば、わしは天下に顔向けができない。あなたが長崎に行かれたら、どうか公正に取り調べを行って一日も早く真相を究明していただきたい」と言った。

また、「わが藩士の中には、まことに粗暴・残虐な者がいるので、あなたに危害を加えることがあるかも知れません。わが家臣を一人お連れくだささい」と大目付の林亀吉をつけてやった。

大隈は長崎に乗り込んでみたものの雲をつかむようで、さっぱりわからない。当時、長崎の知事は、七卿の一人で平野国臣に担がれて生野の乱に参加した沢宣嘉で、その下に長崎裁判所判事として旧土佐藩士の佐々木高行がいた。佐々木は事件直後に土佐藩に嫌疑がかかった頃、当面の責任者として大変苦労した。

また、一時は佐賀藩も疑いを持たれたこともあったので、佐賀出身の大隈の立場は微妙であった。そして大隈が捜査を進めている背後にはパークスの目が光っていた。幕末から明治初期、ほとんどの日本人は外国人に対して畏怖の念を抱いていた。それは日本と欧米諸国の国力の差を知り萎縮していたからであった。また、欧米人は日本人に比べ風貌体軀が堂々としているので、その点でも威圧感があったからであった。しかし三十一歳の大隈はものおじしない性格で、日本人の中では背も高かったので、外国人に対して臆することなく堂々と渡り合った。

長崎事件の捜査は完全に壁にぶつかってしまった。大隈は「もうこれ以上やっても無駄だ。あきらめよう」と言い出した。周りは「そんなことをすればパークスが何を言い出すかわからない」としきりに心配したが、大隈は「わからないものは、わからないのだ。パークスには率直に話して頭を下げるほかない」と度胸をすえ覚悟した。

明治元年の十二月、いよいよ長崎を引き上げようとしたときに、事件は思わぬ急展開をみた。

長崎で発行されていた「崎陽雑報」に、イギリス水兵殺害の犯人は筑前の者であるという投書があった。早速、筑前藩に問い合わせてみると、筑前藩はもう隠しきれず、「実は当藩の者がやったことである。申し訳ない」と白状したので、この問題は急遽、真相が判明した。

大隈は大いに男をあげたが、土佐藩の大目付・林亀吉は、藩主の山内容堂からは「証拠もないのに自分の藩を疑うとは何事だ」と叱責され、捜査の途中にパークスからは「捜査が手ぬるいのは土佐藩に手ごころを加えているのであろう」と文句を言われ、さんざんであった。

筑前藩はさすがに寝覚めの悪い思いであった。特に土佐の林には申し訳ないということで、長溥が林を京都で招待して慰労し陳謝した。その際、博多織などを贈ったが、林のお供で招宴に出た土佐藩の連中は、詳しい事情がわからないまま結構な引き出物までもらって大喜びであった。

そして、さすがのパークスも土佐藩に疑いをかけたのは申し訳なかったと、藩主・山内容堂に丁重な詫び状を出した。

イカルス号の水兵殺しは筑前藩士の金子才吉が犯人であることが判明したが、これで一件落着というわけにはいかなかった。パークスが納得しなかったのである。金子は自殺してしまったので調べようがないが、二人の水兵を一人の人間が瞬時に殺害するというのは不自然である。きっと共犯者がいたに違いないから、それを調べろというのであった。そうなると事件の夜、金子と一緒に歩いていた筑前藩留学生が疑われるのは当然である。当夜の学生は八人であった。

村沢右八郎〔英語〕
水谷義次郎〔医学、仏語、英語〕
讃井（的野）大兵衛〔英語、兵学〕
栗野慎一郎〔英語〕
原田　養柏〔養全〕〔医学〕
富永　賢治〔航海測量〕
八木　謙斎〔医学〕
村上研治郎〔医学〕

このうち村上は危険を感じて逃亡したが、北海道の箱館で捕まり、福岡で謹慎となった。残り七人は長崎の役所に出頭して大隈重信の取り調べを受けた。彼らは参考人として事情を聞かれるぐらいだろうと軽く考えていた。金子一人が発作的にやったことだし、自分たちはたまたま近くにいただけで何の関わりもなかったからである。ところが役所に出頭するといきなり縄で縛られたのでびっくりした。そこで共犯の疑いをかけられていることを初めて知った。

大隈のほかに、刑法官として井上馨、松方正義らがいた。取り調べは厳しかった。大隈は「正直に言わなければ拷問にかけるぞ」と拷問の道具をガチャガチャいわせ、松方は「お前らが、いかに隠しても証人がおるのだぞ」と言った。

学生たちが「そんなら、その証人を出してもらいたい」と言うと、車夫、仲居、人足、夜鳴きソバ屋などいろんな連中がぞろぞろ出てきた。夜鳴きソバ屋が「この人たちが刀を抜いて振り回しているのを見た」と言うと、松方らが「漆塗りの鞘は光って抜刀のように見えることがある。貴様は抜刀であったと言うが、武士と証拠を争って負けたらどういうことになるか、わかっておるのか！」と怒鳴りつけたので、ソバ屋はしどろもどろになって、「いえ、そう見えただけです」と言い出した。イギリス側から金をもらって証人になっていたのであろう。

大隈らは学生たちが無実であることをほぼ認めていたが、イギリスに対する配慮もあって、未決のまま彼らを京都六角の牢に送った。ここでは四年前の元治元（一八六四）

年、郷士の先輩である平野国臣が処刑されている。学生たちは「無実のわれわれが処罰されるはずがない」と思っていたが、何が起きるか予測できない時代である。無実の罪で命を奪われる人も多かったので、万一の場合は見苦しい態度はとるまいと互いに誓い合った。

彼らは獄舎で明治二年の正月を迎えた。松もとれた二十四日に、牢番とともにあまり人相のよくない男がやって来た。「すぐ荷物を持って出ろ」と言ったので、いよいよ処刑だなと一同観念したが、これまで一所懸命に勉学してきたことも全て水泡かと思うと、さすがに悲しかった。

同房に、肥後の横井小楠を暗殺した犯人をかくまったという老人がいたが、学生たちの事情を知って、「君らのような前途有為の青年が処刑されてしまうのは何としても残念だ。代われるものなら私が代わってやりたい」と落涙したので、学生たちも涙にむせびながら獄を出た。しかし、別に縄を打たれることもなく釈放の申し渡しがあった。

牢に迎えに来た人相の悪い男は筑前藩士で、彼らを藩邸に連れて行き、着替えや刀を持ってきて親切に世話をしてくれた。よく見ると人相は別に悪くともなんともない。ごくおだやかな顔をしたやさしい人であった。

彼らは後年、明治の知的エリートとして活躍することとなる。栗野慎一郎はアメリカに渡りハーバード大学で学んだ。その後、外務省に入り、日露戦争当時の駐露公使として活躍した。それは、長崎事件から三十八年後のことである。

革命前夜

少し遡るが、文久二（一八六二）年頃になると京では、「天誅！」を喚く討幕派の藩士たちによる暗殺事件が横行した。

幕府は、治安維持組織である京都所司代や京都町奉行では京の治安は維持できなくなったとして、新たに「京都守護職」を設けることとした。京都守護の任はもともと彦根藩の役であったので、彦根藩をこれに当てることにしたところ、異論が出た。彦根藩は先の「桜田門外の変」で大きな傷を負っている。そこで会津藩に白羽の矢が立ったのであった。

当然、会津藩は固辞した。無法地帯、騒乱状態の京に飛び込めば、藩の存亡に関わるケガをする可能性が高い。それに浦賀の警備、蝦夷地の警備などで多額の出費を強いられた直後であり、藩財政は破綻寸前であった。しかし、松平春嶽《しゅんがく》と一橋慶喜はしつこく迫った。とりわけ松平春嶽の強要に、松平容保《かたもり》はついに応じた。

日米和親条約が締結されたのが嘉永七（一八五四）年、日米修好通商条約の締結が安政五（一八五八）年で、会津隊が京に入ったのが文久二（一八六二）年である。会津藩が京都守護職を押しつけられたのは、このような状況のときであった。


長州を中心とする倒幕派の藩士たちは、その京において暗殺、略奪、放火という蛮行を次々と行った。彼らのやり口は非常に凄惨で、首と胴体、手首などをバラバラにして公家の屋敷の門前に掲げたり、慶喜が宿泊していた東本願寺の門前に捨てたり投げ入れたりした。また、捕まえた目明しの肛門から竹を突き通し脳まで貫いて絶命させ、そのまま市中に晒したりした。のちに首相となる伊藤俊輔（博文）もその行為に手を染めた。

彼らは口を開けば「攘夷！」、「攘夷！」と喚いたが、和親条約締結からすでに十年近く経っており、彼らの言う外国排斥がいかに現実離れした暴論であるか、当の主導者たちはわかっていたはずである。そのうえで、煽った。

彼らの目的は、徳川から政権を奪うことであった。ところが彼らは「勤王志士」と自称した。「志士」とは本来、「国家、社会のために献身する高い精神文化の志をもった人」

のことを言うのである。彼らの多くは、「会津」を正しく「あいづ」と読めなかったという。守護職藩の名さえも読めず、それがどこにあるかもわからぬ者が多くいた。そういう輩が訳もわからず「攘夷！」を叫び、自らを「志士」と称し、「天誅！」と言って殺戮の限りを尽くしたのである。

前年の禁門の変、第一次征長を経て、慶応元（一八六五）年閏五月二十二日に第二次征長の勅許を得ていた幕府は、翌二年六月に諸藩に大軍の動員を要請した。しかし、各藩には戦意なく緒戦から連敗した。

さらに幕府にとって不幸なことには、翌二年七月二十日、将軍家茂が大坂城中で病死した。幕府軍の指揮をとっていた徳川慶喜は、将軍家茂の死を大義名分に第二次征長の休戦を決定した。

そして将軍職には就かないと言っていた彼は、周囲の状況から逃げられず同年十二月五日、十五代将軍に就任した。

さらに悪いことは重なるものである。同年十二月二十五日、孝明天皇が急死された。その天皇は幕府に攘夷を迫ったものの、朝廷内における最大の幕府支持者であった。その天皇が亡くなり、幕府にとって第二次征長の敗北は確定的となった。

孝明天皇の御身に異変が起きたのは十二月十二日のことで、全身に発疹が出て高熱を発せられた。

ご典医は疱瘡と診立てたが、実は長州派の何者かが、そうした症状を引き起こすよう調合した毒物を帝に用いたのであった。帝はそれに気付かれ、すぐに解毒剤を服用されたので一週間後には熱も下がり、お見舞いの人々とも面会されるようになった。

帝はこのとき容保を密かにお召しになって、事のいきさつを話され、「朕に万一のことがあったならば、このことを公にして、長州を討て」と命じられた。

ところが「万一のこと」は、それからすぐ後の二十四日に襲ってきた。昼には常と変わらぬ食事を摂られたが、夜になって容態が急変し、翌日に逝去されたのである。これも疱瘡によるものだと発表されたが、一回目の企てに失敗した者たちが、間髪入れずに二の矢を放ったのであった。

こうした事態を受けて、容保は帝のお言葉のことを幕府に相談した。ところが、第二次長州征伐に失敗していた幕府は、もはや帝の遺命を果たす力はなかった。幕府には、帝は疱瘡で亡くなられたという発表を信じたふりをするしか道がなかったのである。

孝明天皇の崩御から半月後、睦仁《むつひと》親王が即位され明治天皇となられた。長州派は十五歳の少年天皇を戴くことに成功した。先帝によって閉門や謹慎に処せられていた討幕派の公家を赦免し、公武合体から討幕・王政復古へと方針の変更があった。まさに長州の筋書き通りであった。

長州の過激な「志士」たちは、己の所業が公になることを何よりも恐れて、先帝のお言葉を知っている容保を朝敵としその口を封じようと遮二無二《しゃにむに》、会津に攻め入ったのである。

容保は先帝のお言葉を公にしようと思ったが、将軍慶喜が新政府に恭順しているのにそれを行えば、慶喜は真実を知りながら恭順したと天下に知れわたることとなり、徳川家や旧幕府勢力は取り返しのつかない痛手を被ることになると思い踏みとどまった。

慶応三年十月十四日、幕府は土佐藩から提出された建白書に従い、朝廷に大政奉還の上表を提出し、翌十五日に朝廷はこれを承認した。また同月二十四日、慶喜は征夷大将軍の職を辞任した。将軍在職わずか一年の短命であった。

それから約一カ月後の十二月九日、「王政復古の大号令」ののち、明治天皇の御前で三職会議が開かれた。三職とは、総裁、議定《ぎじょう》、参与をいった。総裁には有栖川宮熾仁《たるひと》親王が就任し、議定は尾張藩徳川慶勝、福井藩松平慶永（春嶽）、土佐藩山内豊信（容堂）、薩摩藩島津茂久、広島藩浅野茂勲《もちこと》らで、参与の一人に岩倉具視が就いた。

この会議は御所の小御所《こごしょ》で開かれたので「小御所会議」といわれる。会議は最初から揉めに揉めた。

この会議には、薩摩藩士大久保利通、土佐藩士後藤象二郎、広島藩士辻維岳《いがく》（将曹《しょうそう》）たちが敷居際で陪席を許されていた。薩摩の西郷は外で警備を担当していた。

小御所会議が揉めたのは、山内容堂と岩倉具視の対立であった。山内容堂は尊王佐幕派で、岩倉具視は薩摩側の討幕派である。さらにこの頃、「岩倉具視一派が孝明天皇を毒殺した」という噂が流布していて、会議の出席者は皆この流言を知っていた。

容堂はまず、この会議に徳川慶喜の出席を拒んだことで岩倉を責めた。さらに、薩摩側は幼い天皇を担いで権力を私《わたくし》しようとしていると非難した。核心を衝かれた岩倉は「幼い天皇とは聞き捨てならぬ！」と反攻に出た。完全な揚げ足取りであるが、ここで反攻しておかないと「噂」のこともあり立場が悪くなる。岩倉は必死であった。

そしてまだ何も決定していないのに岩倉は、「慶喜が辞官納地(内大臣の官位を辞し、領地を朝廷に返上する)を行って誠意を見せることが先決である」と言い出した。それに対し容堂は、慶喜を会議に呼ぶことが先だと延々と主張した。核心を衝いた容堂の主張に松平春嶽、浅野茂勲、徳川慶勝が同調し、会議は休憩に入った。

大久保と共に陪席を許されていた薩摩の岩下左次右衛門が、この経緯を警備の西郷に伝えた。そのとき西郷は「短刀一本さえあれば片が付く」ともらした。そしてこの一言が岩倉の耳に入った。岩倉はこれを広島の浅野茂勲に伝えた。そして辻将曹から土佐の後藤象二郎に伝え、後藤は主の山内容堂と福井藩の松平春嶽に伝えた。西郷の、いざとなれば短刀一本でケリをつけるという問答無用のやり方を、岩倉は直接山内容堂に言うのではなく、広島藩を通じて脅したのである。

山内容堂が身の危険を感じた時点で、会議の趨勢が決した。再開後の会議に於いて「徳川慶喜に辞官納地を求める」、即ち官位と所領を没収することを、誰も反対せず議決したのであった。

ところが、十二月十二日に幕兵を率いて自ら大坂城に退いた慶喜の恭順な行動に、慶喜を擁護する王政復古内の公卿や諸侯の発言力が強まり、薩摩の強硬論は不評となった。岩倉は動揺し、慶喜が辞官納地に応じれば、議定に任じて政府に迎えてもよいとまで言い出し、納地は諸藩も公平に負担するということになった。太宰府から戻って議定に任命された三条実美までが慶喜に対して妥協的で、薩摩は孤立した。

このままであれば王政復古のクーデターは有名無実となり、慶喜はその政府に迎えられ指導権が確立するところであった。

この状況から武力討幕派を救ったのは西郷の謀略であった。西郷は慶喜の大政奉還で開戦の口実を失うと、大久保と相談して江戸で戦争挑発の策動を始めた。薩摩の下級武士益満休之助と伊牟田尚平及び江戸薩摩藩邸に入りびたっていた相楽総三を抜擢して、赤報隊を結成し、人別帳からも外された無頼の徒を薩摩藩邸に集め、彼らに強盗、略奪、放火などをやらせた。毎夜のように、鉄砲まで持った荒くれ者が徒党を組んで江戸の商家に押し入ったのである。日本橋の公儀御用達播磨屋、蔵前の札差《ふださし》伊勢屋、本郷の老舗高崎屋といった大店《おおだな》が次々とやられ、家人や近隣の住民が惨殺された。そして彼らは必ず三田の薩摩藩邸に逃げ込んだ。そこには五百人のごろつきが居り、「薩州藩士」と名乗って江戸の治安を乱した。

怒った幕府は十二月二十五日、江戸市中見廻りの庄内藩と二本松藩に命じて、一味が本拠にしている薩摩藩邸を焼き討ちにした。邸内の藩士、ごろつきたち四十九人が討ち死に、益満は捕らえられ、伊牟田ら三十余人は薩摩藩船で京都に逃げ帰った。のちに伊牟田らは、この汚いやり方を隠すため薩摩藩によって謀殺された。

この報せが大坂に届くと、大坂城の旗本や会津、桑名の藩兵は、慶喜に上京して薩摩を討伐するよう迫った。西郷、大久保のねらいは当たった。

慶喜はもはや幕臣たちを抑えることができなくなり、慶応四年正月二日、薩摩藩の罪状を弾劾した「討薩表」をもって、一万五千の大軍で京都の薩摩軍に向かった。翌日、それを阻止しようとする新政府軍が鳥羽、伏見の街道で激突した。世にいう「鳥羽・伏見の戦い」である。

西郷隆盛は京都の薩摩藩邸で開戦の第一報を受けると、「これによって武力討幕のきっかけができた。鳥羽一発の砲声は百万の味方を得たより嬉しい。これでよか」と喜んだ。

しかし、一万五千の旧幕府軍に対して、討幕派はわずか五千であった。

翌正月四日早朝、劣勢だった薩長同盟軍はついに切り札を出した。赤地錦に日月輪を描いた「錦旗《きんき》」を天皇より賜るという演出をしたのである。ここにおいて、単なる私兵にすぎなかった昨日までの薩長同盟軍は急に「官軍」になり、旧幕府軍は賊軍となったのである。

そこへ日和見をしていた土佐藩兵約四百が官軍に参加し、退却中の伏見方面の幕府軍を急襲した。賊軍になるのを恐れたのである。岩倉の発案により大久保が用意した「錦の御旗《みはた》」が強力な威力を発揮したのである。大久保は京の「一力茶屋」の娘を妾としていたので、幕府に覚られずに西陣で錦の帯地を大量に買い集めて、「錦の御旗」を偽造したのであった。

幕府軍竹中重固《しげかた》は五日間の戦闘を持ちこたえ、大坂城にとって返して巻き返しを図ろうとした。ところが将軍慶喜は夜陰にまぎれて密かに大坂城を脱出し、軍艦で江戸城へ逃げ帰ってしまった。将軍を失った幕府軍は総崩れとなった。

鳥羽伏見の勝利で、政府内の実権は三条、岩倉と討幕派の西郷、大久保らに移った。

こうして慶応三（一八六七）年、大政奉還（十月十五日）、王政復古の大号令（十二月九日）を経て幕府は瓦解していくのであるが、この間、朝廷は十月中旬、有力な諸侯に上京の朝令を出した。これに対し筑前藩は、藩主長溥の病気を理由に嗣子長知を上京させる旨答えただけで、腰を上げようとはしなかった。この頃、五卿の帰洛問題などもあり延び延びにしたわけであるが、実際は模様見、洞《ほら》ケ峠を決め込んでいたのである。そのうちに京都の情勢は一変した。

なぜ筑前藩はこのような判断をしたのだろうか。それには、

・乙丑の獄で勤王派の大粛清を行ったため、人材不足に陥っていた。
・乙丑の獄により、何か事をなそうとする革新的な考えを自由に言える状況が失われていた。
・藩の財政が底をついていた。
・藩の保守派重臣は藩の存続のみに心を奪われ、歴史の流れに盲目であった。
・新政府が長続きするとは思っていなかった。

などの理由が考えられる。

政局は時々刻々と変化した。慶応三年十二月九日、薩摩藩が九門を警備。同月十一日、これまで入京を禁じられていた長州藩も兵五百人が入京して、薩摩藩邸に入った。こうした動きに対し、筑前藩はいたずらに見守るばかりであった。

事の重大さに気付き藩が去就を決めたのは、鳥羽・伏見の戦いで幕府が敗退し、討幕令が出たあとであった。藩庁では慶応四年正月十二日、世子・長知上京の先行として次席家老の久野将監《しょうげん》を京都に派遣した。

しかし、それにしても遅すぎた。上京の朝令があったのは前年十月中旬のことで、それからすでに三カ月が過ぎていた。正月十四日、久野将監の一隊は藩船「蒼隼丸」で着坂したが、彼らを受け入れる情勢ではなかった。

官軍将兵は「何を今さら、何ゆえもっともらしい顔をして来たのか。もし上陸するのなら砲撃を加えて阻止する」と激昂した。この事態を知り心配した五卿のうちの東久世通禧《みちとみ》、四条隆謌《たかうた》は、在筑時代のよしみから薩摩藩士を介して、筑前藩の在坂聞役福屋などへ連絡をとり帰藩を促した。

険悪な状況を知った久野将監は、事を荒立ててはまずいと思い上陸せず、逃げるようにして船を引き返させ帰藩した。筑前藩は乙丑の獄で新政府の信用を完全に失っていたのである。

正月十七日、帰藩した将監は自宅で謹慎したが、藩士たちは彼の行為を「藩の体裁を汚した」と憤慨し、悔しがった。歯車が一つ狂うと全てが後手後手になるものである。筑前藩は収拾のつかない混乱に陥ってしまったのであった。

政局は人々の予想をはるかに超えて進んでいた。

前年の慶応三（一八六七）年正月九日、睦仁親王が即位された。新天皇はこの正月に十五歳になったばかりの少年であった。明治天皇の誕生であるが、元号は翌四年の九月八日に、正月元日に遡って明治とされるまで慶応のままであった。

この改元に伴って大赦令が発令された。筑前藩でも慶応三年十二月二十六日から慶応四年二月六日にかけて、早川養敬（勇）、中村到をはじめ数十人の幽囚者を解放し、要職に復職させた。

そして京の風は冷たかった。慶応四年四月四日、ついに太政官より、恐れていた沙汰があった。乙丑の獄の責任者を処分せよ、という厳しい内容の「御沙汰書」が京都聞役に手渡されたのである。

このときにはすでに戊辰の役が始まっていた。筑前藩は勤王の旗印を鮮明にして、藩兵約三千人を出兵させていた。そのうち七百八十一人は東征大総督有栖川宮親王の親兵として東上していた。にもかかわらず、佐幕派を処分せよという厳しい沙汰書である。

このため藩主長溥は四月八日、やむなく非情ともいえる処分を断行した。のちにこれを「戊辰の藩難」といった。

・切腹

浦上　蕉雨（数馬・信濃）

野村　東馬

久野　将監

・流罪

姫島

待井　蛙叟（次郎兵衛）

玄界

香西　少輔

大島
小嶺佐七郎
・当役召放
寺田嘉兵衛
他一人
・押而隠居
岡村文右衛門
他五人
・隠居閉居
吉田　大炊
他二人
・御咎
立川　休也
他一人
・自宅牢居

小河　水霧
他一人

処刑に先立ち、長溥は四月七日、次のような書面を出した。

「汝らが尽くせし忠志のあるところは、我らはよくよく知るところなりといえども、如何せん時勢の変革は霄壌《しょうじょう》相反し、一藩の危難は今日に迫り来れり。事ここに及べり。宜しく我らが心意の在るところを察して、以て一藩の危急を救い、自ら決するところあるべし」

つまり、「すまないが、死んでくれ」と藩主が頭を下げたのであった。

三家老の首は翌四月九日、「大鵬丸」で京都へ送られた。首実検のためである。郡左近、喜多村弥次右衛門、明石助九郎らが付き添い、約二百人の足軽が警固した。

「筑前兵は京都にて佐幕の評を受けしかば、市中を往来するにも尊敬を受けず。薩長の兵と共に奥羽に往くこととなりしも、薩長兵は筑前兵を疎外する風あり。伏見より大坂に出でしが、薩長は各宿衛に充てられし家屋あれども、筑前兵にはこれ無し。大坂にては藩の蔵屋敷に宿衛せり。而《しこう》して大坂に何日間滞在するか、何日頃出発するか、そのほか方針など全て明示せられず。すこぶる虐待せられたり」

これは、のちの大正十(一九二一)年九月、旧藩士の鶴原洗太郎が慶応四年当時を回顧して語ったものであるが、出兵はしたものの筑前藩兵がいかに肩身の狭い思いをしたかを物語っている。それだけに、東征大総督・有栖川宮の直衛軍となったときは、踊りあがらんばかりに感激して喜んだ。大総督軍は千四百人余。うち筑前藩士は七百八十一人で過半数を占めており、有栖川宮の前後を警衛して京都を進発し東上した。

江戸に逃げ帰った慶喜は、朝廷に謝罪書を差し出し上野寛永寺に入って、ひたすら恭順の意を示した。こうした中で三月十三日、幕府恭順派の勝海舟と大総督参謀の西郷隆盛が高輪の薩摩藩邸で会見した。これによって江戸総攻撃は中止され、江戸が火の海となることは免れた。

しかし、江戸周辺では小競り合いが散発。筑前藩は慶応四年閏四月三日、宿舎の回向院から出兵し、下総国船橋で幕兵と戦った。この戦いは筑前藩としては最初の戦闘で、安部政吉、小室弥四郎ら五人が戦死した。このあと両国橋や浅草御門の警衛に当たったった。

慶応四年五月十五日の上野戦争は、わずか半日で終わりを告げた。上野の山に立てこもる彰義隊に対し、大村益次郎指揮の討幕軍が総攻撃をかけたのである。彰義隊は、佐賀藩のアームストロング砲など近代装備の官軍の前に、あっけなく壊滅した。

筑前藩はこの上野戦争には直接は参加していない。王子周辺や西丸大手を警備し、彰義隊残党討伐に従事。さらに青梅や武州飯能《はんのう》の賊徒掃討作戦に赴いた。

二本松藩、会津藩の悲劇

「鳥羽・伏見の戦い」(慶応四年一月)からおよそ二カ月後、新政府は「奥羽鎮撫総督府」を設けた。総督となった九条道孝とその一行総勢六百数十人は、錦旗をひるがえし大坂から蒸気船四隻に分乗して、仙台めざして奥州に向かった。船隊は慶応四年三月十八日、仙台寒風沢《さぶさわ》に着き、翌日、東名浜に上陸した。

仙台藩、福島藩、米沢藩など近隣諸藩は、「奥羽鎮撫軍」が「官軍」などとは思っていなかった。「長州・薩摩の連合軍」で公家を担いで幕府に対して謀反を起こした「反乱軍」であり、官軍を名乗る賊徒、つまり「官賊」だと思っていた。そして彼らの標的は親藩会津であり、江戸市中の警護に当たっていた庄内藩であろうと思っていた。

しかし、反乱軍であろうが公家を担いで来ているし、また、偽物かもしれないが錦旗を掲げているので、仙台藩六十二万石の藩主伊達慶邦は挨拶に行った。このとき下参謀の世良修蔵（長州藩）は、女の膝枕で仙台藩重臣の文書を足で蹴った。これには仙台藩士が「殺してやる！」と切れてしまって、出だしから不穏な空気となった。

幕末、長州人の下劣さは井上馨や伊藤博文、山県有朋の悪行など多々挙げることができるが、世良修蔵の品性の下劣さは彼ら以上であった。とにかく粗暴で礼節というものを知らないし、女には見境がなかった。彼は周防大島の出身で、悪名高き第二奇兵隊では軍監を務めた。

三月十九日、仙台城下に入った鎮撫軍は早速、仙台藩に会津討伐の先鋒を命じた。仙台藩ではこれに従うかどうかで藩論は二分したが、結局討伐派の主張が通り、同月二十七日に先陣が会津をめざして進発した。四月十九日には、仙台藩と会津藩の第一線部隊が土湯《つちゆ》峠で接触した。

しかし、仙台藩はあくまでも和平打開の方針を変えず、会津藩の恭順降伏の線で調停を図った。第一線部隊が接触したときも、仙台藩は密かに会津藩に使いを送り、戦うつもりがないことを告げた。偽戦であった。どこの藩も、会津を攻撃しなければならない理由は何一つなかった。

また、四月六日に新政府は秋田藩に庄内討伐を命じた。朝敵の汚名を受けて苦境に陥った会津藩と庄内藩は手を結び、同月十日、会庄同盟が成立した。

この間も世良修蔵の暴虐は続き、ついに憤慨した仙台藩士が、四月二十日に女と同床中だった世良を斬った。これがきっかけとなり、また、「恭順するものを討つのは王道に反する」という考え方で一致した奥羽列藩（二十五藩）の同盟が成立し、後に越後藩、長岡藩など六藩も加わって奥羽越《おううえつ》列藩同盟（計三十一藩）となり、戊辰東北戦争をもたらすこととなる。元凶は世良修蔵という悪辣な長州人一人にあったのである。

慶応四（一八六八）年七月二十九日、奥州街道を会津に向かって進軍してきた征討軍に対して、小高い丘に陣取っていた二本松藩砲兵隊から一発の砲弾が撃ち込まれた。これが二本松戦争の始まりであった。この戦端を開いたのは「二本松少年隊」で、一人の青年武士に率いられた少年たちばかりの部隊である。会津白虎隊の少年たちは十六歳から十七歳であったが、二本松少年隊はさらに幼く、十二歳から十七歳で、中核は十三歳から十四歳であった。しかもこれは「数え年」であって、現代流にいえば小学六年生から中学一年生という少年たちであった。

この戦闘は僅か三十分ばかりでケリがつき、少年たちは城下へ敗走した。そして、城下に入っていた征討軍の別働隊に向かっていった。

当時の銃は滑腔《かっこう》式と施条式に分けられる。滑腔式とは腔内弾道が単に円筒状になっているもので、弾丸は弾道の中をガタガタと揺れて進む。したがって命中度は極めて低い。火縄銃やゲベール銃がこれにあたる。

これに対して施条式とは、弾道に螺旋状の溝を彫ったもので、弾丸は溝に食い込んでその傷をつけながら回転して発射される。溝に食い込むので弾丸は弾道の中心線からずれることなく、真っ直ぐ正確に飛ぶ。したがって命中度が高い。ミニエー銃、スナイドル銃、スペンサー銃がこれにあたる。

さらに、スナイドル銃とスペンサー銃は後装式であった。

前装式は弾丸を前から、つまり銃口から装填する方式である。弾を入れるとき銃身を真っ直ぐ立てる必要がある。敵の銃弾が飛んでくる場所で立ち上がって弾丸を入れ「さく杖」を押し込むなど、決死の覚悟がいる。現に多くの二本松兵、仙台兵がこれでやられた。

これに対して後装式は、弾頭部・火薬部・鉛部・信管部が一体となったカートリッジ状の弾丸を銃尾の弾倉へ装填すれば、あとは引き金を引くだけで、操作は遙かに簡単である。何よりも次の弾を撃つまでの時間が短い。征討軍はこの後装式銃を装備していた。

二本松戦争当日一日だけで、二本松藩の戦死者二百八人、負傷者二十九人、うち少年兵の戦死者十四人、負傷者三人であった。さらに応援の仙台藩兵の戦死者三十一人、負傷者一人、会津藩兵戦死者約三十人であった。これに対して征討軍の戦死者は十九人、負傷者五十三人であったという。

山あいの小藩・二本松藩は、全藩挙げて総動員体制で征討軍に抵抗し、まるごと討ち死にしたのであった。

二本松藩を落とした征討軍は、ついに会津藩へ侵攻してきた。会津藩は文字通り苛烈な抵抗戦を繰り広げ、一カ月に及ぶ籠城戦の末、城を開けた。この戦は明らかに長州の、会津に対する私怨を晴らすための戦であった。残虐の限りが繰り広げられたのも、そのせいである。

征討軍が仙台藩に入った当時（三月十九日）に遡る。

米沢藩は征討軍に対して、松平容保は恭順の意向を示し謹慎しているので、会津藩の降伏を受け容れるよう求めた。

このとき米沢藩のまとめた会津藩の降伏条件は、

・鶴ヶ城開城と所領の削減
・家老三名の切腹
・松平容保の助命、謹慎

というものであった。

会津藩は、直ちに降伏文書にあたる「会津藩家老連名嘆願書」を作成した。これを受けて仙台藩は、この旨を鎮撫総督府に報告した。そして、仙台藩と米沢藩連名で奥羽諸藩に、仙台藩本営が置かれていた白石城に集まるよう文書を発信した。

この協議を経て、仙台藩主伊達慶邦と米沢藩主・上杉斉憲の連名による「会津藩寛典処分嘆願書」が作成され、各藩家老連名による「奥羽各藩家老連名嘆願書」も併せて作成されたのである。

二人の藩主は閏四月十二日、岩沼の総督府に鎮撫総督九条道孝を訪ね、これらの嘆願書を提出した。公家の九条はこの嘆願を受理したがったが、世良は「容保の斬首」が条件だと言って切り捨てた。

繰り返しになるが、世良修蔵という醜悪な長州人がいなかったら、会津戦争は回避できていた可能性が極めて高いのである。そして仙台藩、米沢藩を侮辱する世良の密書が仙台藩に押さえられ、日頃の世良とその部隊の暴虐な行状もあって仙台藩士の怒りが爆発し、四月二十日に斬殺した。これを契機に、世良に対するこれまでの怒りが奥羽全般で噴出するのである。

四月二十二日、奥羽列藩同盟が成立すると、各藩は防衛戦の武備を急ぐとともに、朝廷の太政官に対して、長州・薩摩が奥羽鎮撫使を牛耳ることを糾弾し、会津・庄内の寛典処分を願い出る建白書を提出した。

この建白書は、世良修蔵の「残忍凶暴」によって「万民塗炭の苦に陥りて、鎮撫の御三卿の御仁御誠意も出来候わず、王政復古の妨害となります」と訴えている。

そして、会津藩自身も何度も「恭順」を示し、戦を防ごうとしたが、無駄であった。

会津藩の「恭順」と奥羽列藩の和平工作を全く受け付けなかった長州・薩摩は、会津討伐へと軍を進めた。その進路に敢然と立ちはだかったのが、先に述べた二本松藩であった。盟約を守るという士道の根幹を重んじ、全藩挙げて死を覚悟し、幼い少年たちまでもが大儀をもたない侵攻軍に立ち向かい、悲劇が広がった。

征討軍にとって、二本松を抜ければ、あとはもう目的の会津である。会津藩は長州・薩摩との戦争は極力やりたくなかったが、彼らが攻めてくる以上、防衛戦線を整えるしかなかった。

会津戦争は多くの局地戦からなり、最終的に鶴ヶ城に籠城して女子供までもが、押し寄せる七万五千ともいわれる薩長軍と死闘を繰り広げたのである。

飯盛山で自刃した白虎隊は、十六歳から十七歳の武家の男子で編成された予備部隊である。白虎隊は士中隊・寄合隊・足軽隊からなり、総勢約三百五十人。最精鋭の士中隊はさらに一番隊と二番隊に分かれており、飯盛山で自刃したのは二番隊である。

出撃命令を受けた四十二名の二番隊が戸ノ口原で薩長連合軍に撃破され、敗走途中で城下に上がった火の手を見て鶴ヶ城の落城と誤認した。もはやこれまでと、十九名が飯盛山で自刃したといわれるのが所謂「白虎隊の悲劇」である。

二番隊の生存者は一番隊と合流し、さらに寄合隊・足軽隊と合流し、総勢二百九十名余の白虎隊員が籠城戦に加わった。二本松藩の「二本松少年隊」と同じような惨劇が、会津藩においても起きたのであった。

二本松藩同様、藩を挙げて総力戦を展開した会津藩のこの戦における編成は、中心が「朱雀隊」で、十八歳から三十五歳の武家の男子からなるこの部隊が主力部隊であった。この部隊も士中隊・寄合隊・足軽隊からなり、兵力は約千二百であった。

年齢でいえば、その上の三十六歳から四十九歳の武家の男子で構成されたのが「青龍隊」で、この部隊は国境守備隊として編成された。兵力は約九百である。さらに年長である五十歳以上の約四百名の武家からなる部隊を「玄武隊」と呼び、「白虎隊」同様、予備隊として編成された。

しかし、総力戦を展開した会津戦争においては、予備隊として編成された「白虎隊」

のである。

も「玄武隊」も、さらには「幼少隊」までもが全て実戦部隊として薩長の矢面に立った

さらに悲劇的なことは、二百三十名以上の武家の女性が戦死または自刃していることである。「女子供に至るまで」という言い方があるが、会津は文字通り「女子供に至るまで」が薩長の侵攻に対して防衛戦を展開したのである。

会津は、城下、領内全域が戦場と化したのであった。

明治元（一八六八）年九月二十二日、鶴ヶ城開城。

城下には戦死体が放置されていたが、薩長軍はこの埋葬を禁止した。これによって死体が鳥獣に食い荒らされたり、風雨によって悲惨な状態となった。見かねたある庄屋がこれを埋葬したところ、彼は明治新政府民政局に捕縛され投獄された。多くの請願書が寄せられ、民政局が死体埋葬の許可を出したのは半年後のことであった。

また終戦直後、薩長軍の兵は戦死した会津藩士の衣服を剝ぎ取り、男根を切り取ってそれを死体の口に咥《くわ》えさせて興じたという。

死体の処理がまたむごい。大きな穴を掘って、莚《むしろ》や風呂桶に死体をぎゅうぎゅう詰め

にし、まるでゴミのように穴に投げ入れたのである。そして、この処理に、敗れた会津藩士約二十名を立ち合わせたのであった。

このようなことを行った新政府軍は、心までが下賤な人非人となっていた。しかし、彼らは日本の近代化を切り開いた「官軍」といわれた。ここに「官軍」といわれる組織の正体が見え、会津の人たちが「官賊」といったのは当を得ていたのであった。

会津には「什《じゅう》の掟」というものがある。会津城下は「辺」という単位に区分けされ、「辺」はさらに「什」という単位に分けられている。そして「什」ごとに藩士の子弟がグループ化され、それぞれの什に「什長」が置かれた。ここから、「什」は子弟のグループ単位を表すようになっていった。それぞれの什のメンバーは輪番で座敷を借りて集まり、什長が「什の掟」を訓示したり、全員で唱和したりした。これが会津武家の子弟の躾の基礎となったのである。

掟は、次の七カ条からなる。

一、年長者の言うことに背いてはなりませぬ

二、年長者には御辞儀をしなければなりませぬ
三、虚言を言うことはなりませぬ
四、卑怯な振舞いをしてはなりませぬ
五、弱い者をいじめてはなりませぬ
六、戸外で物を食べてはなりませぬ
七、戸外で婦人と言葉を交えてはなりませぬ
ならぬことはならぬものです

会津武家の子弟は、幼少期に「什の掟」で躾けられ、長じて藩校・日新館で学んだ。白虎隊の少年たちも、各々の什において七カ条の掟を叩き込まれ、日新館において高度な学問を受講したのであった。会津へ攻め入った長州軍が奇兵隊でなく、せめて武家の軍であったならば、様々な惨状は起きなかったはずである。奇兵隊のならず者に「ならぬことはならぬものです」と言っても通じなかったに違いない。

明治政府は戊辰戦争が終結した翌月の明治二年六月二日、戊辰戦争や維新実現の功労

者に対して論功行賞を行った。

この賞典は、薩長派中心の新政府が偏見と独断により行ったものである。賞典とは家禄のほかに賞与として賜った禄で、戊辰戦争における考課表であった。

対象者は宮家、公卿、大名、士族で、永世禄、終身禄、年限禄の別があった。この賞典には三種類があって、「鳥羽伏見より東北戦争に至る戦功」、「箱館戦争の戦功」、「王政復古に尽力した文勲」に対して、別々に発表され支給された。

「戊辰戦功賞典」で最高の十万石の支給を受けたのは薩摩藩主と長州藩主の二人で、次いで土佐藩主が四万石を受けた。さらに三万石を受けたのは鳥取藩主、大垣藩主、大村藩主、佐土原藩主、松代藩主の五氏。次に佐賀藩主などの二万石。以下、一万五千石、一万石、八千石、五千石、三千石と等級がつけられたが、筑前藩主は一万石にすぎなかった。新政府の筑前藩に対する評価は極めて低かったのである。

士族では大総督府参謀の西郷隆盛が筆頭で二千石。西郷は後にこれを辞退した。これは、戊辰戦争の過程で道に反した数々の行為への反省と、薩長の独走に嫌気がさしたからであった。次いで大村益次郎の千五百石、さらに伊地知《いじち》正治、吉井幸輔、板垣退助の三人が千石を支給されている。いずれも各方面での戦闘で参謀として目覚ましい活躍をしたという理由がついている。

賞典もさることながら、問題は罰典であった。最も悲惨だったのは、罪一等とされた会津藩（三十三万石）である。京都守護職として孝明天皇の信頼の厚かった会津藩だったが、長州により朝敵の汚名を受け、戦いに入らざるを得なかった。戦いに敗れたあと下北半島最北端の斗南《となみ》三万石に移封され、生き残った藩士たちは塗炭の苦しみを味わった。これより北はないという意味の「斗南」。農耕に適さない斗南の土壌での百姓仕事は過酷で、厳寒と凶作が追い打ちをかけた。士族四千戸のうち二千八百戸が移住したが、人々は餓えとの戦いで、川を流れてくる犬の屍も拾い上げて食べた。

「朝敵」、「賊軍」という汚名を着せられながらも歯をくいしばって生きながらえた会津武士の気高さと誇りは、凄まじいとしか言いようがない。

仙台藩は三十四万石減らされ二十八万石に、盛岡藩も七万石減らされ十三万石になった。また桑名藩、二本松藩、長岡藩もそれぞれ五万石を削られた。鶴岡藩、米沢藩、棚《たな》倉《ぐら》藩も四万石減らされた。そして請西《じょうさい》藩（一万石）にいたっては領土を没収された。

このほか「奥羽越列藩同盟」に加わった各藩はいずれも封土を削られ、朝敵という烙印を押された。

明治二（一八六九）年六月十七日の版籍奉還の令により、通称筑前藩は公称福岡藩となった。藩主長知は同日付で福岡藩知事に任命された。一国の藩主から政府の官僚となったのである。先代の藩主長溥は病弱を理由に同年二月五日に引退していた。

そして明治新政府は同年六月二十五日、各藩知事に対して「藩政改革」の令を下した。その新政府も初期の機構は、革命政権とはとても思えないほど古ぼけたものであった。政府のことを「太政官」といったが、これは奈良朝や平安朝の律令制の言葉である。明治新政府は当初、国づくりの青写真を持ち合わせていなかったのである。

福岡藩ではこの「藩政改革」の令に基づいて、同年十一月十九日、思い切った人事異動を行った。藩政庁を大参事、権大参事、少参事、権少参事、大属、権大属、少属、権少属、史生、庁掌に分けた。大参事、権大参事は今の副知事ならびに総務局長にあたり、知事を補佐して藩政を統括した。少参事、権少参事は部長に相当し、内外の庶務を担当。大属以下は出納や記録、文案作成に当たった。さらに公務、司祭、司民、司計、通商、司兵、監察などの各局を置き、主に少参事が長として事務を束ねた。

乙丑の獄で弾圧された人々が、ここでやっと登用され復権を果たした。しかし、この体制も長くは続かなかった。これからという矢先に太政官札贋造事件が発覚したからである。

太政官札贋造事件

新政府の主導権を握った藩は、その枢要なポストをあらかた抑えてしまった。薩摩、長州、土佐、肥前などである。中級、下級の官吏も概ねこれらの藩の出身者で占められた。

中央集権の体制作りは精力的に進められていたが、過渡期の混乱のなかで藩制は残っていたので、膨大な戊辰戦争の戦費も結局は出兵した藩が自前で負担し、処理しなければならなかった。福岡藩の「太政官札贋造《がんぞう》事件」もそうした背景から生まれたのであった。

明治二（一八六九）年十一月に開設した通商局という部署に、旧馬廻役の山本一心が起用された。山本はすでに隠居していたが財政に明るいということで呼び出されたのであった。当時、福岡藩は戊辰戦争の後始末の難問と、山のような借金を抱えていた。途方にくれた山本がふと考えついたのが太政官札の贋造であった。

山本は上司の福岡藩権大参事の小河《おごう》愛四郎を訪ねて、贋札作りの計画を打ち明けた。小河は驚いて「それは容易ならぬこと、発覚すれば一大事」と承知しなかったが、山本は「他藩でもやっていること、この危急の場を乗り切るためには背に腹は代えられませぬ」と熱く説いた。小河もやむなく同意して、上役の大参事郡成巳に相談した。

郡も「仕方あるまい」と同意して、同職の立花増美、矢野安雄に計画を打ち明けた。二人とも「とんでもない」と初めは承知しなかったが、郡が「秘密をもらした以上あとには引けませぬ」と必死に訴えたので、立花、矢野も結局同意した。しかし、知事には心配をかけてはならぬ、われわれだけで秘密に事を進めよう、と申し合わせた。贋造の場所は城内二の櫓及び先年切腹を命じられた野村東馬の邸を使う、そして関係者は外部との連絡を一切絶つこと、この二点を条件とした。


藩では太政官札の贋造に踏み切る前に、太政官から石高に応じて割り当てられた太政官札五十一万両を、大坂の鴻池に持ち込んで半値の二十五万両の金貨・銀貨の正貨と引き換えた。これは新政府が長続きしないという判断に基づくものであった。また、太政官から太政官札と引き換えに、額面の四分の一の正貨を納めるよう命じられていたが、そんな金はない。しかも太政官札はどんどん下落して、商人も受け取りを渋るようになっていた。背に腹はかえられず、大坂で正貨に換えたのである。

福岡藩は野村屋敷で製造した贋札二万五千両を早速肥後に持ち込んで米の買い付けを行ったが、最初のものはずいぶん出来が悪かったようで、すぐに贋札と見破られた。しかし次第に大がかりになり、明治三年五月には十九万両の贋札を藩船「環瀛丸《かんえい》」に積み込んで北海道に向かい、特産品の数の子、棒ダラ、ニシン、毛皮などの買い付けを行った。特に北海道が選ばれたのは、僻遠の地であることと、買い付けの基地となった奥尻島は明治初年に北海道分領支配ということが行われ、福岡藩はこの奥尻島と後志《しりべし》国の支配、開拓を命じられていたので土地勘があったのである。

この頃、ニセ金つくりは薩摩などの他藩でも行っていたが、福岡藩の場合は規模が大きすぎた。新潟や箱館で福岡藩士が派手に遊興に使ったので怪しいと思われ、太政官は福岡藩の贋札製造の捜査のため密偵を潜入させていた。彼らは蚊帳売りや飴売りなどに姿をかえて市中を徘徊し偵察を続けていたが、ほぼ証拠が固まったところで、明治三（一八七〇）年七月二十日、福岡市簀子《すのこ》町の辻に東京弾正台の制札が立てられた。

……当藩へ贋札嫌疑取調べとして本台官員が出張した
関係ない者はみだりに動揺しないように……

弾正台

弾正台は律令官制の一つで、官民の非違を糾弾する役所として七世紀頃にはすでに存在していた。その制度が明治二年二月になって復活し、同四年に司法省新設に伴い廃止になるまで存続した。

贋札事件の内偵をしていた東京弾正台大忠の渡辺昇ら一行は、この制札を立てると同時に、一斉に手入れを行った。弾正台の打った手は早かった。贋札を造っていた城内の元家老野村邸に踏み込み、証拠品を押収するとともに、呉服町鋳物師の伊六、職人町鉄砲師の伝之丞、対馬小路《つましょうじ》町印刷屋の吉右衛門ら二十一人を召し取った。

事件発生から一年後の明治四年七月二日に裁断が下った。藩知事長知は免官、閉門。立花大参事以下五人は斬罪。そして末端の藩士まで断罪され、処分者は九十二人に及んだ。

最初に発案した山本一心は既に病死しており、郡成巳は獄中で発狂して死亡した。

・免官、閉門
　黒田　長知
・斬罪
　立花　増美
　矢野　安雄
　小河愛四郎
　徳永　織人
　三隅　伝八
・流罪、徒罪、閉門、その他
　八十六人

一方、製造に関わった職人たちは、取り調べを受けたのち釈放された。罪は職人には軽く、厳罰は藩士に集中していた。

この事件によって福岡藩はあっけなく崩壊した。権少参事以上の幹部二十八人中、半数以上の十五人が失脚した。なかでも家老にあたる大参事五人が全滅。次官級の権大参事五人のうち三人が罪を問われ、団平一郎と松浦格弥だけが無傷だった。少参事も十一人のうち半数に近い五人が免官となった。

事件に連座こそしなかったが、判決後多くの人が辞表を提出もしくは罷免されて、政治の舞台から姿を消していった。そういう状況であったので藩庁には藩出身者がほとんどいなくなった。

藩知事が解任されたことは藩の廃絶を意味した。藩の取り潰しである。この出来事は廃藩置県のわずか十二日前だが、全国に先がけて廃藩となった。他藩の廃藩置県とは意味が違うのである。

そして後任知事として有栖川宮熾仁親王が来福した。皇族政治家の有栖川宮はかつて皇女和宮の婚約者として知られ、東征大総督として明治新政府の立役者であった。彼は同年七月十日、博多に着き、崇福寺を宿所としたあと、翌日には民部省や大蔵省の官員七人を引き連れて出庁した。人々には動揺もみられたが、彼の名は人心を収めるのに役立った。

廃藩置県は、有栖川宮が着任したあとすぐに断行された。明治四年七月十四日、「藩ヲ廃シ県ト為ス」との詔が出され一挙に藩制が全廃され、全国に三府三百二県が出現した。同年十一月には三府七十二県に統合され、その後二十一年に三府一道四十三県となって今日の原型となった。

この廃藩置県により元福岡藩と秋月藩は福岡県に、小倉藩と中津藩は小倉県に、そして久留米・柳川・三池の三藩は三潴《みずま》県となった。明治九（一八七六）年八月にこの三県が合併して現在の福岡県が誕生した。

有栖川宮は廃藩置県とともに横すべりで初代福岡県知事に任命された。彼は在任わずか九カ月で帰京したが、県政に果たした効果は大きかった。

エピローグ

黒田長溥は自身、学問好きであったが、学問のよくできる青年が大好きで、家格にこだわらず抜擢して長崎に留学させ、その後海外に出した。ところが、こうした英才たちはその努力の結果を生かせず、新国家建設に寄与することがほとんどできなかった。福岡の置かれた状況が極端に悪かったのである。したがって明治の初期には、こうした秀才たちが官界に入るということはまず不可能であった。

明治四（一八七一）年七月に県となった福岡県では、留学生として金子堅太郎と団《だん》琢磨を選んだ。金子は十九歳、団は十四歳であった。

二人は十一月に岩倉使節団の船に乗り、太平洋を渡り陸路ボストンに着いた。彼らは英語を習得するために小学校に入り、家庭教師に就いて勉強した。またたく間に上達して、金子はハーバード大学で法律を、団はボストン工科大学で鉱山学を学んだ。金子、団に四年遅れて明治八年、福岡から栗野慎一郎が留学生としてボストンに渡った。

明治十一年、米国留学を終えて勇躍帰国した金子堅太郎、団琢磨を待っていたのは、乙丑の獄での勤王派粛清、太政官札贋造事件、そして禄を取り上げられた不平士族が西郷軍に呼応して起こした「福岡の乱」（明治十年）などにより新政府から「反政府」の烙印を押され、人々は官途から閉め出されていた福岡であった。金子も団も就職の途がなく困り果てて、もう一度アメリカへ帰ろうかとさえ思った。

しかし、金子はやがて伊藤博文に見出され憲法起草に関与することになり、その後は栄達の道をまっしぐらに進んだ。

団はやっと東京帝国大学助教授のポストに就いたが、鉱山学講座に空きがなく、畑違いの天文学を講義していた。そのうちに政府の工部局に入り三池鉱山局に勤めることとなった。国営三池炭鉱が三井に払い下げられると、三井に迎えられて炭鉱の近代化に大きな功績をあげた。団は永くアメリカで生活していたので、英語は日本語以上になっていた。話に熱中するとしきりに英語が飛び出し、しまいには英語でしゃべるので、相手は閉口した。

栗野は駐露公使として日露戦争の開戦前から関与し、金子はポーツマスの講和会議の裏方として苦労したが、二人ともハーバードの学友たちと不思議な縁で繋がっていた。日露戦争当時の外務大臣小村寿太郎と栗野はハーバードの同窓生であり、下宿も同室で暮らした仲であった。

金子は時の米国大統領ルーズベルトの同級生で、のちに大統領が日本に示した好意は金子との友情を抜きにしては考えられないものであった。

なお、小村を助けてポーツマスで活躍した外務省政務局長・山座円次郎も、福岡地行《じぎょう》の生まれで、栗野、金子の後輩である。日本が国運を賭して戦った日露戦争に、福岡県人は重要なポストで懸命に働いた。

江戸時代中期に、各地に藩校ができた。黒田藩では、朱子学を教える藩校と、それに批判的な陽明学を教える藩校の二校を設立した。異なる学派を競わせ、互いを高める意図があったのである。

しかし、設立間もない寛政二（一七九〇）年、幕府が朱子学を重視する「寛政異学の禁」

を発したことなどで藩校は統一され、「東学問稽古所　修猷館」と呼ばれた。明治時代になると、全国の藩校は廃校に追い込まれ、修猷館も明治四年十月、蔵書など全ての財産を県庁に納め閉鎖した。

ハーバード大学留学を終え帰国した金子は、長溥に「修猷館を再興し子弟教育を充実させれば、福岡は末永く潤うに違いありません。黒田家の恩顧を末永く及ぼす道です」と訴えた。教育の重要性を充分認識していた長溥は、明治十八年、私財で修猷館を再興し、経費も黒田家が負担した。

校是は「質朴剛健」、「不羈《ふき》独立」、「自由闊達」であった。

明治二十四（一八九二）年、校是を象徴する事件が起きた。

校舎横を陸軍連隊の隊列が行進していた。そこに瓦の破片が飛んできて、兵士の小銃に当たった。陸軍は学校関係者が瓦を投げたと受け取り激怒した。約二百人の兵士に学校を包囲させ、犯人を差し出すよう迫った。校庭で遊んでいた生徒の投げた石が瓦に当たり、割れたその破片が塀外を行進中の兵士の小銃に当たったのであるが、陸軍側は「皇軍への侮辱であり、天皇への不敬行為にあたる」と主張した。これに対して館長が辞表を出して抗議の意志を示したので、中央政界を巻き込む騒ぎに発展した。

修猷館を資金面で支えていた旧藩主家の黒田長成《ながしげ》が陸軍の行動を「立憲主義違反」と批判したが、これがわが国初の憲法違反の指摘であると言う人もいる。

一方、どんな手を使ってでも勝てばいいというやり方でのし上がった山県有朋ら長州出身者たちの驕りは、日本軍から正義の精神を失わせた。そして自己の立場を守り抜くために、上は帝を戴き下は強大な警察力を行使して批判勢力を徹底的に封じ込めた。そして、彼らはついに新設された御親兵を軍国主義に進めたのである。

長溥は、乙丑の獄でとった勤王派大粛清により、明治新政府という時代の波に乗り遅れた福岡県の様子を知るたびに、寂寥感と空虚さに苛まれ悔恨の日々を送っていたが、若い福岡出身の彼らの活躍を聞くのが唯一の救いであり楽しみであった。

そして、三井を中心とする大商人と癒着して私腹を肥やす井上馨と伊藤博文、「問答無用!」で事を収めて軍を私物化する山県有朋らに、日本の将来を思うと恐怖感すら感じ、それを阻止できなかったことにさらに寂寥感と空虚さを感じた。また、昨夜まで「攘夷!」、「天誅!」を喚きながら、夜が明けた途端に卑しいまでの西洋崇拝を唱える無節操な彼らに対しての蔑みは計り知れなかった。

長溥は明治二十年二月の半ば頃から体調を崩し病床についた。そして肺炎を併発し三月七日に逝去した。享年七十七であった。

幕末の激動の波に翻弄されながらも、懸命に生き抜いた生涯であった。そして、心休まる穏やかな日がなく、事志と違った生き方をせざるを得なかった悲運の君主であった。子供の頃から兄弟のようにして育った島津斉彬がもっと長生きしていたら、そして老中・阿部正弘も側にいてくれたら、長溥はもっと心豊かに伸び伸びと生きることができたに違いない。そして三人で日本をもっと違った姿にしたであろう。

薩長を中心とした明治新政府が行ったことは、日本国民にとって真に幸せなことであっただろうか。会津藩、二本松藩や奥羽越諸藩が何ゆえに賊軍として塗炭の苦しみを味わわなければならなかったのだろうか。

その後、「問答無用!」で五・一五事件、二・二六事件を起こし、日本が世界大戦に突入していったことと、この維新政府が行ったことは、何か繋がっているとしか思えない。

これは日本の大きな損失であり、また日本人にとって悔やまれることではないだろうか。

参考・引用文献

柳　猛直『悲運の藩主 黒田長溥』海鳥社、一九八九年
成松正隆『加藤司書の周辺――筑前藩・乙丑の獄始末』西日本新聞社、一九九七年
示車右甫『維新の魁 筑前勤王党』海鳥社、二〇二〇年
アクロス福岡文化誌編纂委員会『福岡県の幕末維新』海鳥社、二〇一五年
浦辺　登『〈歴史散策ガイド〉維新秘話福岡――志士たちが駆けた道』花乱社、二〇二〇年
山口宗之『〈人物叢書〉真木和泉』吉川弘文館、一九八九年
友松圓諦『〈人物叢書〉月照』吉川弘文館、一九八八年
水崎雄文『修猷館投石事件――明治二十四年、中学校と軍隊の衝突』花乱社選書、二〇一八年
力武豊隆「黒田長溥の『功罪』と明治維新」（福岡地方史研究会『福岡地方史研究』五一号、花乱社、二〇一三年）
佐々木克『戊辰戦争――敗者の明治維新』中公新書、一九七七年
原田伊織『明治維新という過ち――日本を滅ぼした吉田松陰と長州テロリスト』講談社文庫、二〇一七年
鈴木荘一『明治維新の正体――徳川慶喜の魁、西郷隆盛のテロ』毎日ワンズ、二〇一九年
上田秀人『竜は動かず――奥羽越列藩同盟顚末（下）帰郷奔走編』講談社文庫、二〇一六年
星　亮一『奥羽越列藩同盟――東日本政府樹立の夢』中公新書、一九九五年
安部龍太郎『維新の肖像』角川文庫、二〇一七年

半藤一利『もう一つの「幕末史」――〝裏側〟にこそ「本当の歴史」がある！』三笠書房、二〇一五年
星　亮一『斗南藩――「朝敵」会津藩士たちの苦難と再起』中公新書、二〇一八年
司馬遼太郎『幕末』文春文庫、二〇〇一年
星　亮一『会津藩はなぜ「朝敵」か――幕末維新史最大の謎』ワニ文庫、二〇一三年
星　亮一『偽りの明治維新――会津戊辰戦争の真実』だいわ文庫、二〇〇八年
藤原正彦『国家の品格』新潮新書、二〇〇五年
葉室　麟『月神』ハルキ文庫、二〇一五年
井沢元彦『逆説の日本史22　明治維新編――西南戦争と大久保暗殺の謎』小学館、二〇一六年
西　鋭夫『新説・明治維新　西鋭夫講演録』ダイレクト出版、二〇一六年
福岡市広報課「福岡市政だより」
その他ネット検索多数

池松美澄（いけまつ・よしきよ）
昭和18（1943）年，福岡県三潴郡江上村（現・久留米市城島町）に生まれる。昭和43年，佐賀大学文理学部法学専修卒業。5年余の銀行勤務の後，日本住宅公団（現・独立行政法人都市再生機構・UR）へ。福岡支所（現・九州支社）で6年半，用地課，総務課を経験し，本社へ。広報課，立地選定課，関東支社の事業計画部で6年勤務後九州支社へ戻り，主に管理部門，訴訟部門を歩く。関連会社を経て，64歳で退職。退職後は民生委員12年，町内会副会長4年を経て町内会長4年を務めた。著書に『朝焼けの三瀬街道――信念を貫き通した男 江藤新平』（佐賀新聞社，2019年）。福岡市在住。

長溥《ながひろ》の悔恨《かいこん》
筑前《ちくぜん》黒田《くろだ》藩《はん》「乙丑《いっちゅう》の獄《ごく》」と戊辰《ぼしん》東北《とうほく》戦争《せんそう》

❖

令和3（辛丑／2021）年12月25日　第1刷発行

❖

著　者　池松美澄
発行者　別府大悟
発行所　合同会社花乱社
〒810-0001 福岡市中央区天神5-5-8-5D
電話 092（781）7550　FAX 092（781）7555
印刷・製本　大村印刷株式会社
［定価はカバーに表示］
ISBN978-4-910038-45-2